KB048658

구름비를 사랑한
별이의 노래

이 도서의 국립중앙도서관 출판사도서목록(CIP)은 e-CIP홈페이지(http://www.nl.go.kr/ecip)에서 이용하실 수 있습니다.

구럼비를 사랑한 별이의 노래

2013년 8월 15일 초판 4쇄 펴냄

지은이 | 김선우, 전석순, 이은선
그린이 | 나미나
펴낸이 | 김준연
펴낸곳 | 도서출판 단비
편집 | 최유정
등록 | 2003년 3월 24일(제2012-000149호)
주소 | 경기도 고양시 일산서구 하늘마을로 184 현대성우오스타 104동 201호
전화 | 02-322-0268
팩스 | 02-322-0271
전자우편 | rainwelcome@hanmail.net

ISBN 978-89-967987-3-6   03810
값 11,000원

* 이 책의 내용 일부를 재사용하려면 저작권자와 도서출판 단비의 동의가 반드시 필요합니다.
* 책값은 뒤표지에 있습니다.

구럼비를 사랑한
별이의 노래

글_ 김선우 전석순 이은선
그림_ 나미나

단비
danbi

우리의 이름은 구럼비

"우리 부락, 우리 바당 지켜서 후손들 물려주고 모드락 모드락 전처럼 살겠다는데 왜 다들 잡아 가두는지 모르겠어. 이 예쁜 것, 요 아까운 것……." 팔십 평생을 강정마을 중덕바다 구럼비 해안 곁에서 살아온 그녀의 한숨 소리가 가끔 꿈에 비쳤다. 그 목소리가 들리면 말할 수 없이 서럽게 가슴이 아파져서 잠에서 깨곤 했다. 머나먼 남쪽 바다 한 점 섬에 또다시 한 점 섬으로 고립되어있는 강정마을 때문에 목이 탔다.

한번은 문정현 신부님이 꿈에 보이기도 했다. 경찰에 둘러싸인 채 철조망 저편에 새까만 얼굴로 기우뚱하니 앉아계신 그 모습. 노순택 사진가의 사진이었을 것이다. 그 사진을 본 순간 또 눈물이 터졌다. 걸핏하

면 눈물이 터지곤 해서 눈물이 지겹던 지난 몇 년……. 꿈에까지 따라
들어온 그 철조망 때문에 결국 꿈에서도 울었다.

뭔가 해야 하는데, 무얼 해야 하는 것인지, 무얼 할 수 있는 것인지,
종잡을 수 없었다. 전쟁을 치르듯 하루하루 온몸으로 공사를 막고 있는
강정지킴이들처럼 강정으로 날아갈 용기도 없었다. 마음 아픈 강정 소
식이 들릴 때마다 한없이 미안했지만 내가 할 수 있는 일이란 게 너무
뻔했다. 그저 소소하게 칼럼이나 쓰고 강정을 기억하자는 시노래콘서
트를 두 번 만들고 나니 5월이 되었다. 강정싸움의 진로가 어찌될지 여
전히 모호했지만 아무튼 무엇이든 하고 있으면 어디선가 활로가 생기
지 않을까. 그저 그렇게 믿었다. 저마다 할 수 있는 일을 자기 자리에서
하다 보면 어디선가 활로가 생겨주겠지. 잊지 않고 기억하며 무엇이든
하고 있다 보면 길이 생기겠지.

그런데 어느 날부터인가 신문에서 강정이 사라졌다. 강정의 이야기
들이 더 이상 여론이 되지 않았다. 구럼비 발파가 시작되었을 때 반짝
들끓던 여론이 서서히 가라앉더니, 이내 사라져버렸다. 총선 패배가 결
정타였을 것이다. 대한민국의 여론은 쉴 틈 없이 각종 이슈들로 바쁘게

옷 갈아입고, 강정을 위해 움직여주어야 할 야권 정치판은 내부 혼란과 대선 준비로 바쁘고, 그렇게 강정이 정치권과 언론에서 소리 없이 잊혀지고 말 것 같아 두렵던 날들. 강정앓이들의 안타까운 한숨과 애타는 기도만이 곳곳에서 여전히 생생했다. 강정지킴이들이 강정에서 타전하는 트윗글들만이 육지와 강정을 가느다란 끈으로 잇고 있었다.

그 무렵 '책'을 생각했다. 언론이 더 이상 강정을 말하지 않는다면, 다른 방법을 찾아야 하지 않겠나. 강정을 잊지 말자고, 강정을 지켜야 한다고, 언론이 말하지 않으면 책으로 독자들을 찾아가면 되지 않을까.

강정에 관련된 책이 이미 두 권 세상에 나와있다. 오랜 시간 강정을 지켜온 사람들의 생생한 목소리로 가득한 눈물겹고 귀한 책들이다. 그 책들에 대한 서평을 쓴 적도 있고 주위 사람들에게 여러 권 선물하기도 했었다. 그런데 모두 르포집에 가깝다 보니, 강정에 관심을 가진 사람들이라야 찾아보게 된다는 점이 안타까웠다. 강정을 모르는 사람들, 강정에 관심이 없던 사람들도 쉽게 손에 잡을 수 있는 책이 있으면 좋겠다는 생각이 들었다. '어른이 읽는 동화' 정도의 접근성을 가진 책이라면, 강정마을 이야기의 저변을 조금 넓혀볼 수 있지 않을까.

이번 여름이 지나고 이대로 가을이 오면, 구럼비는 정말로 깊은 상처를 입게 될 것이다. 조금이라도 덜 파괴되었을 때 공사를 멈추어야 하는데……. 매일매일 구럼비는 깨져나가고 있었으므로 서둘러야 했다. 여름, 가을이 지나고 겨울이 온다 해도 이 싸움은 계속되겠지만, 조금이라도 덜 파괴된 구럼비를 다시 만나려면, 어서!

마음은 급했지만, 사실 많이 망설였다. 연재 중인 소설의 마감이 매주 화요일이면 어김없이 닥쳤고, 가을에 출간 약속이 되어있는 장편소설의 마지막 퇴고도 마쳐야 했다. 그 일들에만 집중하기에도 글쟁이로서의 나의 용량이 벅찬 판이었다. 작업에 소요될 절대 시간의 확보가 도무지 자신이 없었다. 무리라는 판단이 들어 주저하는 동안에도 강정에서는 날마다 힘겨운 싸움이 계속되고 있었다. 구럼비는 날마다 깨져나가고 있었고 지킴이들은 지쳐가고 있었다. 잠들면 들리는 구럼비의 뒤척이는 소리…… 애타게 기도하는 강정앓이들의 한숨 소리…… 혼자 하기 힘들면 도움을 청해보자! 혼자는 막막해도 나누어 함께할 수 있다면 해볼 수 있지 않을까.

어느 새벽 문득 그런 생각이 들었고, 날 밝자마자 함께 할 벗들을 찾기 시작했다.

　인연은 자연스럽게 만들어졌다. 구럼비와 중덕바다 제주 할망들이 이끌어주기라도 한 것처럼 딱 맞춤하게 작가들이 모였다. 우리 문단의 가장 젊은 세대이며 촉망받는 신예들인 이은선, 전석순 소설가가 함께 하겠다는 뜻을 전해왔다. 독자와 작가로 만난 사이인 그림 그리는 미디어 아티스트 나미나 작가가 삽화를 맡아주었다. 5월 중순에 첫 미팅을 시작해 두 달간 꼬박 이 작업에 매달려준 이은선, 전석순, 나미나 작가와 함께 우리는 자주 '구럼비 아자!' '힘내자 강정!'을 외쳤다. 83년생 동갑내기들인 세 작가가 보여준 놀라운 성실함과 진심을 다한 몰입이 아니었다면 시작한 지 두 달 만에 강정 소년 한별이를 세상으로 데려오기 힘들었을 것이다. 작가들의 공동작업이라는 게 말처럼 쉽지 않은데, 구럼비와 강정을 향한 진심을 다한 연대가 창조한 예술적 실천이라는 측면에서 이 젊은 작가들에게 한없는 박수를 드린다.

　책 출간을 축하하며 다시 한 번 강정을 응원해준 노엄 촘스키, 한별이의 마음을 단박에 읽어주고 세상 속에 한별이의 마음이 잘 스밀 수 있게 응원해준 김제동 씨에게 특별히 감사드린다.

부록에 실린 트윗글들과 만화를 허락해주신 많은 분들께 감사드린다.

출간에 따른 여러 수고를 기꺼이 도맡아준 출판사 '단비'에 감사드린다.

아시겠지만, 이 책의 진짜 작가는 구럼비와 강정 주민들이다. 오랫동안 강정에서 싸워온 강정지킴이들과 종교인들이다. 강정을 노래하고 시로 쓰고 그림 그리고 사진 찍어온 예술가들이다. 여러 곳에 흩어져있어도 마음속에 강정을 품고 기도해온 '강정앓이'들이다. 여러 분야에서 저마다 활동하면서 강정을 응원해준 많은 분들이 이 책의 작가이다.

생명과 자연을 지키는, 평화를 지키는, 오랜 시간 마을 공동체를 이루며 살아온 주민들의 생존권을 지키는, 민주주의를 지키는, 이 모든 '살림'과 '지킴'을 웅변하는 강정마을의 싸움이 강정 소년 한별이를 통해 세상 속에 잘 전달될 수 있기를! 생명과 평화의 가슴으로 나누는 따뜻한 교감의 힘이 현실의 힘으로도 나타날 수 있기를 기도한다. '지더라도 해야 하는 싸움이 있다'는 심정으로 '강정앓이'를 시작했으나 '져서는 안 되는 싸움이 있다'는 절박한 문장이 어느새 마음속에 자라나있다. 강정을 사랑하는 많은 분들의 마음이 그럴 것이다.

지금까지 파괴된 구럼비 바위는 십분의 일이 조금 넘는 정도라고 한다. 1.8킬로미터에 달하는 거대한 너럭바위의 십분의 일이면 많이 다친 것이다. 하지만 아직 다치지 않은 나머지가 훨씬 더 크고 넓다. 십분의 구는 살아있다! 늦지 않았다. 이 여름과 다가오는 가을, 그리고 겨울이 오기 전. 강정의 싸움이 왜 함부로 잊혀져서는 안 되는지를 마음으로 알고 실천하는 정치를 요구하자. 정치인이 움직이기 위해서는 여론이 움직여야 한다. 애석하게도 한국의 정치 수준이 여태 그 정도이다. 사람과 여론이 움직이면 정치는 눈치를 볼 수밖에 없다. 여론은 끝까지 기억하고 끈질기게 말하는 우리의 입과 행동으로부터 만들어진다.

지금까지 파괴된 십분의 일의 구럼비. 거기는 생명과 평화의 학교가 되어야 할 장소이다. 반생명, 반평화, 자본의 끔찍한 탐욕과 국가의 폭력을 증거하는 반면교사가 되어줄 장소이다. 공사가 완전히 멈춘 뒤 생명평화의 공원이, 평화박물관이, 평화도서관이 들어설 날을 상상해본다. 그리고 아직 파괴되지 않은 십분의 구의 구럼비. 거기는 처음처럼 돌아가 생명의 신비와 인간의 마을을 품어주는 대자연의 너른 뜰이 될 것이다.

꿈은 어떻게 현실이 되는가. 우리가 간절히 원한다면! 간절히 원하는 이 마음들이 자기 자리에서 실천할 수 있는 하나씩의 입과 손을 가진다면!

구럼비야…… 가만히 불러본다.

너무도 비상식적인 국가 폭력을 당하면서도 오랜 마을 공동체 주민으로서의 자긍심을 잃지 않은 강정마을 주민들이여. 고맙습니다.

2012년 7월. 김선우

1.

할망 할망 일어나요, 어서 빨리 일어나요

구렁할망 일어나요 할망 보러 해 왔어요

냇길할망 토라지기 전에 얼른 일어나요

우레레레– 냇길할망 화나면 산이 일어나요

구렁할망 아직 자고 마을의 나뭇잎만 뒤집어져

중덕이와 백구가 산 쪽을 향해 짖네

냇길할망 가슴팍에 고인 물 흔들어

구렁할망 깨우지만 밤새 사람들의 발을 받은

구렁할망 일어날 생각 않네

할망 할망 아직 자나, 할망 할망 일어나요

서낭당할망이 냇길할망의 가슴에 뿌리 넣어

붉고 푸르게 고인 물 빨아들이기 전에

푸르고 붉은 물 서낭당할망 몸 타고

구렁할망에게로 뿜어지기 전에,

할망 할망 일어나요, 우레레레레레—

구렁할망 겨우 일어나 할망물을 흔들어

몸을 적시고 냇길할망 부르는 소리에

산 쪽으로 고개 돌려 서낭당할망 쪽을 바라보니

서낭당할망 뒤로 냇길할망이 햇빛 받아 반짝이네

늦게 일어나 노래 시작하려는 구렁할망에게

내 벌써 노래했다! 냇길할망 까르르, 웃어대고

밤새 사람들의 발길 받아내느라

목이 쉬어 말도 못 하는 구렁할망

할망물 모조리 마셔봐도 목이 말라 목이 쉬어

구렁할망 노래 없네 구렁할망 노래 못하네

밤새 다녀간 발길들은 아직 잠을 자고

냇길할망 혼자 깨어 아침의 노래를 불렀다네

할망 할망 지켜줍서

할망 할망 굽어줍서

할망 할망 노래…… 해줍서!

"자, 지난주에 말했던 것처럼 이번 시간에는 장래희망에 대해 얘기 해보도록 합시다."

영호는 아직도 장래희망을 정하지 못한 모양이었다. 민지도 벼락치기 공부하면서 그 부분만 빼고 공부했는데, 딱 '그 부분'이 시험에 나왔을 때처럼 아득한 얼굴이었다. 민지는 꿈에 대해서 말을 할 때마다 무척 많이 변신했다. 무대를 사로잡는 가수가 되었다가, 맛있는 요리를 만드는 요리사가 되기도 했고, 어제는 피아니스트가 되어야겠다는 다짐을 하기도 했다. '피아니스트'라고 발음을 할 때는 막 연주를 끝내고 우렁찬 박수를 받으며 무대 인사를 하고 있는 피아니스트가 되어있는 것 같은 표정을 지어 보였다. 본인은 환희에 찬 표정이라고 말하는데, 내가 보기에는 잠을 잘 못 잔 사람의 얼굴 같았다. 하지만 나는 민지나 영호가 무엇이 되든 다 좋다. 다만 나의 꿈을 어떻게 말해야 하나 고민이 될 뿐이었다.

"영호는 뭐가 되고 싶니?"

"…… 저는 아직 …… 못 정했어요. 더 생각해볼게요."

영호는 주춤거리면서 자리에 앉았다.

나의 꿈은 해군이 되는 것이다. 하얗고 깨끗한 해군 제복에 각 잡힌 흰 모자. 모자에 박힌 금색 마크도 멋지고 어깨에 다는 금색 견장도 최

고다. 해군 제복에 완전 반해서 민지에게 설명해주기 위해 학교 컴퓨터
실에서 인터넷을 뒤지다가 '견장'이라는 말을 찾아냈다. 견장은 다른 군
복에도 다는 것이지만 해군 제복의 견장이 가장 멋지다.

"눈처럼 흰 제복에 어깨엔 이렇게 금빛 견장이 달려있어."

민지에게 말해주었을 때, 민지의 반짝거리는 눈빛은 내가 틀림없이
해군 장교가 되어야만 하는 이유 중에 하나가 되었다. 물론 중요한 이
유가 몇 개 더 있지만, 민지 이야기를 할 때엔 민지 이야기에만 집중해
야 한다. 5학년 때 담임선생님이 내 생활 지도표를 쓰면서 나에게는 집
중력이 필요하다고 하셨기 때문이다.

내가 해군이 되고 싶은 것이 해군 제복이 멋있어서인지 해군이 가장
씩씩하고 용감해 보이기 때문인지 사실 나도 좀 헷갈리기는 한다. 하지
만 용감한데 멋있기까지 하면 그거야말로 최고 아닌가. 검게 탄 얼굴로
반듯하게 각 잡힌 눈부신 흰 제복을 입고 금빛 견장을 번쩍이며 푸른
바다를 지키는 용감한 해군 아저씨!

우리 반 학급문고의 위인전 시리즈에서 아이들에게 가장 인기 있는
위인도 세종대왕과 이순신장군이다. 한글을 만든 세종대왕을 아이들이
존경하는 건 당연하지만, 이순신장군은 아이들이 그냥 위대한 장군이
라고만 생각해서, 내가 영호에게 특별히 강조해서 말해준 적도 있다.

"이순신 장군은 바로 해군 대장이야!"

영호는 옛날 조선시대에도 해군이라는 말을 썼냐고 나에게 물었다. 역시 영호는 내 친구다. 민지가 있을 때 영호가 그런 질문을 해주길 나는 기다렸던 것이다. 나는 팔짱을 딱 끼고 아주 똑똑한 얼굴로 이렇게 말해주었다.

"수군이라는 게 바로 오늘날의 해군이거든. 물 水!"

6학년이 되면서 천자문 쓰기 수업 시간이 생겼는데 역시 사람은 공부를 해야 하는 것이다. 나는 팔짱을 풀고 연습장을 쫙 편 다음 또박또박 水자를 써 보였다. 그 다음엔 밤새 연습한 軍자를 썼다. 군자는 수자에 비하면 백만 배쯤 어려운 글자지만 나는 미리 연습을 많이 했기 때문에 자신 있게 쓸 수 있었다. 아이들이 고개를 끄덕이며 감탄하는 게 느껴졌다. 나는 그 다음에 연필 잡은 손에 힘을 꼭 주어서 화살표를 그렸다. 그리고 천천히 해군을 썼다.

水 軍 → 海 軍

침을 삼키며 보고 있던 민지가 박수를 짝짝 쳤다. 나는 점점 더 똑똑하고 멋있어지는 것 같다. 민지의 얼굴이 그걸 증명해준다. 그때 민지는 분명 눈부신 걸 쳐다볼 때처럼 나를 바라보았다. 나는 이 정도쯤이야 별것 아니라는 듯이 드라마에서 본 것처럼 어깨를 한 번 으쓱해 보였다.

"이 글자는 무지 어려워 보이는데, 한별이는 천잰가 봐."

민지가 진심으로 감탄하고 있다는 것을 나는 알 수 있었다.

그런데 바다 海자는 사실 내게 그렇게 어려운 글자가 아니다. 천자문 수업을 처음 시작할 때, 선생님이 한자는 그림 글자에서 출발한다고 설명해주셨다. 그리고 흙토, 사람인, 어미모…… 이런 글자들을 칠판에 써주시며 설명했다. 나는 그때 한글 다음으로 좋은 글자가 있다면 그건 어미 母자라고 생각했다. 그 글자는 마치 엄마가 나를 꼭 안고 있는 것 같은 모양이어서 글자를 들여다보기만 해도 기분이 아주 포근해졌다. 그러니까 바다 해자에는 내가 좋아하는 것이 모두 들어있는 셈이다. 물(氵)이 있고 지붕(宀)이 있고 엄마(母)가 있다. 아빠와 고모와 내 친구들과 우리 마을은 지붕 밑에 다 들어있다.

내가 해군이 되고 싶은 중요한 이유가 바로 이것이다. 나는 바다를 지키고 싶고, 우리 집과 우리 학교와 우리 동네와 내 친구들을 지키고 싶고, 무엇보다 엄마를 지키고 싶다.

아무튼 내 꿈은 그렇게 정해졌는데, 아빠와 고모도 내 꿈을 좋아해줄지 나는 자신이 없었다. 특히나 고모는 내가 군인이 되는 것을 싫어할 것 같은 생각이 들어서 나는 고민이 좀 많이 되었다. 작년에 내 책가방과 운동화를 사러 고모와 함께 시내에 나갔다가 민방위 훈련 사이렌에 딱 걸린 적이 있었다. 사이렌 소리가 들리고 호루라기를 불며 막 왔다 갔다 하는 경찰과 군인들을 보자 고모의 얼굴이 창백해졌었다. 그날 고모는 우리 동네로 돌아온 다음에도 바로 고모 집에 가지 않고 우리 집 마루에 한참이나 기운 없이 누워있었다.

"고모, 왜 그래? 왜 기운이 없어. 어디 아파?"

나는 기운이 없는 고모가 싫어서 국어책도 읽어주고 민지가 빌려준 동화책 《알프스의 소녀 하이디》도 고모에게 읽어줬다. 그때 민지는 자기도 하이디처럼 되는 게 꿈이라고 했다. 나는 하이디처럼 되는 게 왜 좋은지 사실 잘 이해가 안 갔다. 양치는 소년 페터는 별로 용감해 보이지도 않고 잘생기지도 않았는데 설마 민지가 페터 같은 애를 좋아하는 건 아니겠지. 그래도 양 볼이 빨간 하이디는 민지와 닮은 데가 있어서 그나마 읽을 만했다. 내 관심은 하이디와 페터가 자라서 어떤 사이가 되는지 아는 거였지만, 그런 건 책에 나오지 않았다.

내가 큰 목소리로 한참 열심히 책을 읽어주고 있을 때 고모가 말했다.

"이제 고모 괜찮아. 군인들이 한꺼번에 뛰어다녀서 좀 어지러워서 그랬어."

고모가 희미하게 웃었다. 나는 군인들이 한꺼번에 뛰어다니는 게 왜 고모를 어지럽게 하는지 도무지 알 수 없었지만, 아무튼 고모의 손을 꼭 잡아주었다.

"군인이 뛰어다니는 게 싫어, 고모?"

"응."

"나중에 내가 군인이 되면 뛰어다니지 않을게."

"우리 한별이는 나중에 커서 의사 선생님이 되어야지!"

앗차, 그러고 보니, 그때까지 내 꿈은 훌륭한 의사 선생님이 되는 거였다.

그런데 갑자기 꿈이 바뀌었으니, 고모가 싫어하지 않을까.

그런데 어젯밤, 아빠와 고모에게 내 꿈에 대해서 말씀드렸을 때, 다행히 아빠와 고모는 활짝 웃으면서 나를 향해 엄지손가락을 치켜세워주었다.

나는 고모의 눈치를 조심히 살폈지만, 고모는 내 꿈이 변한 것을 기억도 못하는 것 같았다. 고모는 내 엉덩이를 두드려주면서 내 얼굴에서 진작부터 군인다운 늠름함이 흐르고 있었다고 말했다. 엄마가 나를 가졌을 때 꾼 태몽이 반짝거리는 은수저가 하늘에서 무더기로 쏟아진 거였다는데 그게 어쩌면 훌륭한 군인이 되려는 암시 아니었겠냐고 하기도 했다. 태몽이라는 말에 나는 귀가 솔깃했지만, 하늘에서 수저가 쏟아졌다는 건 좀 맘에 들지 않았다. 호랑이가 품으로 뛰어들었다든가, 하늘이 번쩍거리면서 흰 수염을 단 할아버지가 나타났다든가, 위인전에 나오는 태몽들은 전부 그럴듯한 것들투성이인데 고작 숟가락 무더기가 하늘에서 떨어졌다니!

나는 고모가 뭔가 착각을 하고 있는 게 아닌지 다시 정확히 물어보고 싶었지만 꾹 참았다. 고모가 태몽 이야기를 하자, 아빠가 치켜세웠던 엄지손가락을 내리며 웬일인지 기운이 없어졌기 때문이다. 아마 아빠는 엄마 생각이 나서 슬퍼졌나 보다. 나는 얼른 큰 소리로 말했다.

"아참, 미래의 해군은 이제 숙제 해야겠다! 군인은 똑똑해야 하니까. 그치, 아빠?"

시무룩했던 아빠의 얼굴이 금세 환하게 펴졌다.

"그래, 우리 한별이 최고!"

아빠가 맞장구를 쳐주어서 나는 아빠와 하이파이브를 하고 얼른 내 방으로 갔다. 역시 나는 우리 집의 가장이 맞다. 고모도 아빠도 내 말 한마디에 기분이 좋아지기도 하고 나빠지기도 하니까, 나는 좀 더 씩씩해져야겠다고 다짐했다.

　내 방에 들어와서 나는 얼른 거울 앞으로 달려갔다. 까무잡잡한 얼굴에 짧게 깎은 머리……. 눈빛이 살짝 아쉬운 것 같아서 '군인의 눈빛'을 연습해보았다. 우선 바다 너머를 보려면 시력이 좋아야 하고, 바닷속의 물고기까지 사로잡으려면 더더욱 멋있는 눈빛을 가져야 할 텐데. 그래서 나는 매일 아침마다 거울을 보면서 눈빛을 연습하기로 마음먹었다. 5학년 때 우리 반 친구들은 내 얼굴이 새카맣다고 가끔 놀리곤 했는데, 이제 꿈을 정하고 나니 그것은 놀림을 받을 만한 일이 아니게 되었다. 나를 보고 어린 애가 겁도 없다고 했던 슈퍼 아주머니의 말도 다시 생각해보니 칭찬처럼 느껴졌다.

　"다음은…… 한별이! 너는 커서 뭐가 되고 싶니?"

　내가 자리에서 일어나자 친구들의 눈빛이 내 쪽으로 모여들었다. 그 중에서 민지의 눈이 가장 반짝이는 것 같이 느껴졌다. 나는 어깨를 쭉 펴고 우렁찬 목소리로 말했다.

　"저는 바다를 지키는 해군이 되고 싶습니다!"

　"우와!"

　짝꿍인 영호의 탄성을 시작으로 여기저기에서 박수 소리가 들려왔다. 민지도 박수를 치고 있었다. 나와 눈이 마주쳤을 땐 생긋 웃기까지 했다. 말을 한 것뿐인데, 나는 벌써부터 해군이 되어있는 것만 같은 느낌이었다.

"우리 한별이 멋있구나. 멋진 해군이 되어 우리 바다와 마을을 지켜주렴."

"넵!"

나도 모르게 너무 우렁찬 대답이 나와서 내 목소리에 나도 깜짝 놀랄 지경이었다. 선생님이 웃으면서 덧붙이셨다.

"아유, 우리 한별이 벌써 해군 같네. 우리 반을 한별이가 지켜주면 되겠어."

"네! 그러겠습니다!"

나는 군인 아저씨들이 거수경례를 하며 대답할 때처럼 리듬을 딱딱 맞춰서 그렇게 말했다. 어제 내 방 거울 앞에서 이미 여러 번 연습해본 거라 말이 아주 잘 나왔다. 내 방 거울 앞에서 나는 엄마가 나한테 말하는 것을 상상하면서 거수경례를 연습해봤다.

"우리 한별이, 아빠와 고모를 잘 지켜줄 거지?"

"네! 그러겠습니다!"

"우리 한별이, 동네 어른들께 인사도 잘하고, 우리 동네 바다도 잘 지켜줄 거지?"

"네! 그러겠습니다!"

엄마와 나는 거울 속에서 쿵짝이 착 착 맞았다. 그런데 내가 그만 실수를 하고 말았다.

"우리 한별이, 엄마 잊어먹지 않을 거지?"

"응! 당근이지! 영원히 안 잊어먹어. 그리고 엄마도 내가 영원히 지켜줄 거야."

'네! 그러겠습니다!' 이렇게 말해야 하는데 '응!' 이라고 말해버려서 거수경례 놀이는 무효가 되었다. 하지만 엄마가 어디선가 나를 기특하다고 칭찬해주는 것 같아서 기분이 좋았다.

반 아이들이 모두 보고 있으니까 나는 자리에 앉을 때도 군인처럼 씩씩하게 앉았다. 너무 세게 앉는 바람에 엉덩이가 아팠지만 잘 참았다.

"야, 너 좀 달라 보여. 그러면 이제 배 타고 먼 바다까지 가고 그러겠네? 근데 한별이 너 뱃멀미하잖아?"

영호가 갑자기 뱃멀미 얘기를 해서 기분이 나빠질 뻔했지만, 나는 언젠가 아빠가 해준 말을 금방 기억해냈다.

"어른이 되면 멀미 같은 건 안 하게 된다고 아빠가 그랬어. 그리고 해군이 타고 다니는 군함은 운동장보다 더 커서 멀미 같은 건 나지도 않아!"

나는 영호를 향해 콧대를 세웠다. 그러면서 슬쩍 민지 쪽을 돌아봤다. 요리사이고 가수이면서 피아니스트인 민지는 내 꿈이 퍽이나 마음에 드는 모양이었다. 나는 하루 종일 어깨를 펴고 있느라 집으로 돌아올 때쯤에는 등이 딱딱하게 굳어있는 것을 느꼈다.

그날부터 나는 친구들과 어디를 갈 때마다 앞장서는 사람이 되었다.

걷다가 넘어질 만한 돌멩이는 없는지 살펴보고 앞을 막고 있는 나뭇가지가 있으면 치워놓았다. 사실 우리 동네는 어디건 자주 놀러 다녀서 눈 감고도 갈 수 있는 길이 대부분이다. 그런데 친구들도 마치 처음 가보는 길처럼 내 뒤를 졸랑졸랑 따라왔다.

"니가 앞장서 주니까, 좀, 좋은 것 같아……."

민지가 그 말을 한 이후로는 무조건 앞서 걸었다. 은근슬쩍 내 앞을 가로막던 영호도 이제는 내 뒤쪽으로 물러섰다. 영호는 뒤따라오면서 민지에게 슬쩍 내 자랑을 해주기도 했다. 나는 못 들은 척하면서 앞으로 나아갔지만 두 발과 양쪽 어깨에 잔뜩 힘이 들어갔다. 영호가 하루만 갖고 놀아보자고 조르던 내 보물, 태극마크가 찍혀있는 파랑색 요요와 철인28호를 하루 정도 빌려주고 싶은 마음이 들 정도였다.

구럼비에 갈 때도 나는 씩씩하게 외쳤다.

"내가 밟는 곳만 따라오면 돼! 알았지?"

"응. 알았어. 강한별 최고!"

구럼비는 넓적하고 둥글둥글한 바위들이 드넓게 이어져있는 아주 큰 너럭바위라서 산에 있는 바위들처럼 위험하지는 않다. 그렇다고 해서 무턱대고 구럼비 위를 뛰어다니면 안 된다. 나는 두 발을 약간 벌리고 거수경례를 하듯이 오른손으로 손차양을 만들고는 구럼비 바위 곳곳을 날카로운 눈빛으로 살펴보았다. 바위 턱이 보이면 나는 친구들보다 앞장서서 먼저 뛰어넘었다.

바위 위에 올라서서 일단 영호부터 건성으로 손을 잡아주었다. 그다음에 민지는 손을 꽉 잡아줬다. 잠깐이었지만 민지도 내 손을 꽉 잡았다. 가끔은 일부러 내 쪽으로 끌어당길 때도 있었다.

"고마워."

민지의 말에 나는 이 넓은 구럼비 바위 전체를 한걸음에 뛰어넘을 수도 있을 것만 같았다.

"이제 손 그만 잡고 있어도 될 것 같은데?"

영호가 팔짱을 낀 채 심통 난 목소리로 말했다. 그러는 바람에 민지는 얼굴을 붉히고 손을 뺐다. 영호에게 한마디 하려다가 그건 사나이가 할 짓이 아닌 것 같아서 입을 꾹 다물었다. 민지의 손을 잡았던 느낌이 두 손에 남아있었기 때문에 나는 영호를 용서해주기로 했다. 내게 중요한 건 민지의 손을 잡은 일이니까.

강정천에 은어가 올라올 때였다. 아침 조회를 하던 선생님께서 오늘은 강정천으로 현장학습을 가자고 말씀하셨다. 우리는 점심 급식을 먹자마자 가방을 싸 들고 강정천으로 갔다. 물론, 내가 앞장서 걸었다. 우리는 강정천에서 태어나 먼 바다에 나갔던 은어들이 다시 강정천으로 돌아오는 모습을 신기하게 지켜보았다. 그 여행이 얼마큼 먼지, 얼마나 힘든지 나는 알지 못했지만 새끼손톱 만하게 태어났던 은어들이 내 손바닥보다 더 굵은 몸으로 돌아오는 것을 보니 아마도 '어른이 되어가는 과정' 같은 것이 아닐까 생각해볼 따름이었다. 우리는 온종일 은어들이 물 위로 튀어 올라 강정천을 가로질러 가는 것을 지켜보았다.

그러다 영호가 물속으로 들어가 우리가 서있는 쪽으로 물을 튀겼다. 누가 먼저랄 것 없이 친구들이 우르르 물속으로 뛰어들었다. 먼 바다를 헤엄쳐 온 은어들이 간신히 뛰어오른 강정천에서 새로운 적을 만난 셈이었다. 은어들은 우리를 피해 재빠르게 강의 상류 쪽으로 거슬러 올라갔고, 우리들은 '은어 지켜보기'에서 '은어 피해 물놀이하기'로 현장학습의 과제를 바꾸어버렸다.

"우리 선생님도 물놀이에 껴주자."

민지가 내 옆에 다가와서 말했다.

"어, 그래? 나만 믿어!"

나는 민지에게 씩씩하게 말해준 뒤 나무 밑에 앉아계시는 선생님에게 갔다. 가는 동안 몇 가지 방법을 생각해보았다. 1.물놀이를 함께 하자고 말씀드리는 방법. 2.단번에 물놀이에 끼워드리는 방법. 내 뒤에서는 민지가 보고 있다고 생각하자, 2번을 선택하는 것이 좀 더 멋있어 보일 거라는 확신이 들었다. 나는 질문을 하는 척하다가 선생님 손을 잡아끌었다. 처음에는 좀 버티다가 선생님은 하하 웃으면서 바지를 걷고 물속으로 들어왔다.

"하여간 한별이 힘은 당해낼 수가 없다니까."

나는 좀 더 씩씩한 군인에 가까워진 기분이 들었다.

누군가 민지에게 물을 뿌리려고 하면 내가 재빠르게 가서 대신 맞아주었다. 친구들이 야유를 보내서 조금 창피했지만 겉으로는 태연한 척하면서 민지를 돌봤다. 스치듯이, 민지가 내 손을 한 번 더 잡아주었는데, 마치 금방 낳은 새알을 손에 쥐었을 때처럼 마음이 두근거렸다. 너무 꼭 쥐면 안 될 것 같고 너무 느슨하게 쥐면 떨어뜨릴 것 같아서 약간 불안한 마음이 들었다. 가슴속 어딘가 간질거리는 것 같은 느낌도 들었다. 그건 아주 이상한 느낌이어서 나는 얼굴까지 화끈거렸다.

민지가 손을 풀었을 때 나는 얼른 강정천에 다시 뛰어들어가 어푸어푸 세수를 했다.

강청천이 끝나는 곳에 바다가 있다. 나도 은어처럼 바위 사이를 용감하게 헤엄쳐 바다로 나가고 싶다. 그래서 누구보다 멋있고 씩씩한 해군이 되어 이 바다를 언제까지나 지키고 싶다.

우리 마을의 해변은 구럼비 바위로 전체가 연결되어있다. 선생님은 이 구럼비 바위가 1킬로미터가 넘는다고 말씀해주셨지만, 숫자로 생각하는 건 아무래도 좀 별로다. 학교에서 1000미터 달리기를 하면 끝이 어디쯤인지 보이지만, 구럼비에서는 끝이 어디라고 말할 수 없기 때문이다. 물이 찰 때와 빠질 때 모양이 조금씩 다르게 드러나는 구럼비는 바다 밑에서 통짜로 연결된 용암 바위이다. 다른 동네의 바위들도 용암이 만든 것이긴 하지만 우리 동네 구럼비는 동글동글하고 맨질거리는 느낌이 아주 찰지다. '찰지다'는 말은 우리 고모가 구럼비를 두고 자주 하는 말인데, 나는 그 말이 아주 찰지게 마음에 들었다.

구럼비는 우리 마을 전체를 감싸듯이 해안에 놓여있고 강정천까지 이어져있다. 사실 구럼비는 우리 마을 사람들에게 무슨 특별한 바위라기보다 그냥 그 자체가 우리 마을이다. 마을에 학교나 교회, 마을 회관 같은 게 있듯이, 구럼비도 우리 마을의 일부인 것이다.

우리들은 드넓게 펼쳐진 바위 위에서 마음껏 뛰어놀았다. 학교 운동장보다 여기서 놀 때가 훨씬 많았다. 물질하던 해녀 아주머니들이 숨

비소리를 내며 구럼비 쪽으로 헤엄쳐 올라와 잠시 쉬기도 했고, 일하
다 지친 아저씨들이 낮잠을 자기도 했다. 아침이면 학교와 일터로 일을
하러 나갔던 사람들이 저녁이 되면 약속이나 한 듯이 구럼비 위에 모여
먹을 것을 나눠 먹으면서 이야기를 나누고 돌아가곤 했다. 아저씨들은
늦게까지 남아 해녀 아주머니들이 잡아온 새끼 소라나 전복들을 구워
막걸리를 마셨다. 나와 민지는 아빠들 옆에 서있다가 갓 구워진 새끼소
라 먹는 재미로 밤늦게까지 구럼비 위에서 돌아다녔다. 그럴 때면 나는

'데이트'라는 말이 떠올라서 공연히 기분이 좋아졌다. 혹시라도 엉큼하다는 얘기를 들을까 봐 민지에게는 절대 말하지 않았지만, 우리 아빠와 엄마도 여기서 데이트를 많이 했다고 한다. 지금의 나와 민지처럼.

그러니까 구럼비는 마을의 모든 기억을 가지고 있는 우리들의 놀이터다.

내가 해군이 되어 지켜야 할 많은 것들 속에는 당연히 구럼비도 들어 있다. 아빠, 고모, 민지, 영호, 선생님 등등 내가 지켜줘야 할 우리 마을 사람들은 모두 구럼비와 연결되어있으니 구럼비를 지키는 것은 당연한 일이다.

그리고 무엇보다 중요한 이유가 또 있다.

구럼비에는 엄마가 있다.

내가 네 살 때 돌아가신 엄마를 아빠는 구럼비에서 바다로 뿌렸다고 했다.

엄마가 우리 마을에서 가장 사랑한 곳이 구럼비였다고 한다. 아빠와 자주 데이트하던 곳도 구럼비였고, 엄마 뱃속에서 자라던 내 태동을 처음 느낀 곳도 구럼비 위에서였고, 내 이름을 지은 것도 구럼비에서였다고 한다.

지금 나는 자세히 기억할 수 없지만, 엄마는 내가 아주 아기 때부터 구럼비 바위에서 내게 자장가를 불러주었다고 한다. 걸음마를 시작했을 때에도 구럼비에 데리고 왔다. 동글동글 찰지게 펼쳐진 구럼비 바위에서 맨발의 내가 처음으로 걸음마를 배웠다고 생각하면 발바닥이 따뜻해지는 느낌이 든다.

그리고 막 졸음이 몰려오는 것 같은 평화로운 느낌이 든다.

하루해가 저물고 저녁 바람이 시원하게 불어올 때 구럼비에 누워있으면 따뜻하고 기분이 좋아지면서 잠이 솔솔 오는데, 엄마도 구럼비에서 해 지는 모습을 보는 걸 좋아했다고 한다. 구럼비에서 내게 자장가를 불러주곤 했다는 엄마 이야기를 할 때면 아빠는 세상에서 가장 행복한 사나이의 얼굴이 되곤 한다.

그러니까 아빠에게나 나에게나 엄마는 아직도 우리 옆에 있는 거나 마찬가지다. 구럼비에 가면 언제든 엄마를 느낄 수 있으니까.

2.

너영 나영 두리둥실 놀고요

낮에 낮에나 밤에 밤에나 참사랑이로구나

백록담 올라갈 땐 누이 동생 하더니

한라산 올라갈 땐 신랑 각시가 됐다

너영 나영 두리둥실 놀고요

아이쿠, 벌써들 시작했나 보네. 별이 밥 주고 오느라 좀 늦었더니 이러네.

조천댁, 법환네! 같이들 가지 성질들도! 아니, 급해 죽겠다니까

오늘따라 오리발은 또 왜 이렇게 안 들어가지나. 허, 거 참!

할망, 오늘도 물질 잘 끝내고 돌아올 수 있게 굽어주세요. 살펴주세요.

오늘은 소라가 크네. 전복은 이미 다들 따 갔나. 새끼도 하나 안 보이네.

아휴, 고와라! 연산호는 언제 보아도 저렇게 곱다니까. 저, 저 조천댁 좀

보게나. 산호 위에 떠 있으니 검은 곰 같네. 홋! 허긴, 저 곰 같은 몸뚱이가

물 밖으로 끌어올린 소라나 전복이 산을 하나 만들고도 남을 테지.

그러게! 우리가 그렇게 살아온 거야. 마음속에다 세워놓은 그 산을 더 높이 쌓으면서 그렇게 물속으로 들어오는 거야. 오늘도 들어가고, 어제도 갔고, 내일도 갈 거야.

…… 할망, 구렁할망이 지켜주잖아!

돌고래 떼가 오늘은 이쪽으로도 왔네. 몇 마리가 안 보이네. 다친 건가…….

연산호도, 전복도, 소라도, 돌고래도 모두 줄어가고, 없어져가는구나.

변함없는 건, 구렁할망 뿐이네. 할망, 할망, 잘 보고 계셔요?

나, 여기 있어요!

아이고, 예뻐라! 산호가 해를 받으니 꽃보다 더 활짝 피어나네.

우리 별이가 진짜로 보면, 좋아할 텐데! 집에 가서 별이 저녁밥 먹이면서 돌고래 본 이야기를 해줘야겠어. 산호 군락 사이로 돌고래들이 얼마나 멋지게 헤엄쳐갔는지, 조천댁 엉덩이가 산호초에 찔려버린 이야기도 해줘야겠어! 전복이 저어기 큰 게 하나 있네.

브위이이익, 슈우으으!

너영 나영 두리둥실 놀고요

낮에 낮에나 밤에 밤에나 참사랑이로구나

"엄마 목소리는 어땠어? 엄마는 어떤 음식을 좋아했어? 엄마가 나를 안아서 잠들 때까지 재워준 적도 있어? 저 사진은 언제 찍은 거야, 엄마 몇 살 때? 아빠…… 엄마는 왜 바다로 간 거야?"

초등학교에 들어가면서부터 나는 늘 아빠에게 엄마에 대해 물었다.

"어디로 간 게 아니야. 늘 여기에 있는 거지. 구럼비 쪽에다 마음과 귀를 모아봐. 엄마 목소리 들리지?"

아빠는 엄마를 바다로 보내면서 이런 말을 했다고 한다. 한별이가 보고 싶으면 언제든지 구럼비로 오라고. 한별이가 늘 여기서 놀고 있을 테니 보고 싶을 때마다 파도를 타고 와서 보라고.

그때부터 나는 엄마가 보고 싶을 때마다 구럼비에 갔다. 친구들과 함께 가기도 했고, 혼자 갈 때도 있었다. 아무도 모르지만, 나는 그때마다 엄마와 대화를 나누곤 했다.

엄마 내 친구들이야. 다들 날 좋아해. 나 멋있지?

내가 아주 어렸을 때는 구럼비가 시작되는 곳부터 끝까지 걸으려면 한참 걸렸다. 그런데 이제는 뛰어다닐 수도 있고, 걸음도 빨라져서 전보다 훨씬 더 재빠르게 구럼비를 탐험할 수가 있었다. 그래도, 워낙에 큰 바위인 까닭에 아직도 조금 멀게 느껴지는 것이 사실이다.

구럼비 끝까지 가장 빨리 가는 방법이 있다. 그건 엄마를 생각하면서 걷는 것이었다.

내가 구럼비 위로 올라서면, 엄마의 목소리가 파도를 타고 오는 것이 느껴졌다. 내가 바다를 바라보면서 두 팔을 벌리면, 엄마는 자장 자장, 하며 잔잔한 노래를 불러주었다. 엄마 목소리를 싣고 오던 파도가 구럼비에 부딪히면서 생기는 소리에 엄마의 자장가가 슬슬 스며들었다. 나중에는 파도 소리와 자장가를 구분할 수 없었다.

구럼비는 우리가 사는 집에서 멀지 않은 곳이다.

파도가 구럼비를 쓰다듬으면 그 사이로 박수를 치는 것처럼 돌고래들이 뛰어올랐다. 몇몇 짓궂은 녀석들은 몸을 구럼비에 부딪쳐가며 장난을 치기도 했다.

구럼비 위를 걷다 보면 발바닥이 금방 따뜻해졌다. 거기엔 낮부터 차곡차곡 쌓인 햇볕이 고스란히 남아있기 때문이다.

걷다가 힘들면 구럼비 위에 벌렁 누웠다. 그러면 드넓은 하늘이 푸른 바다처럼 출렁거렸다. 그럴 때면 꼭 엄마 무릎을 베고 누운 기분이었다. 구럼비 위에 가득 고여있던 엄마의 자장가 소리가 내 몸을 쓰다듬어주는 것 같았다.

그때마다 나는 구럼비 위에서 단잠을 잤다.

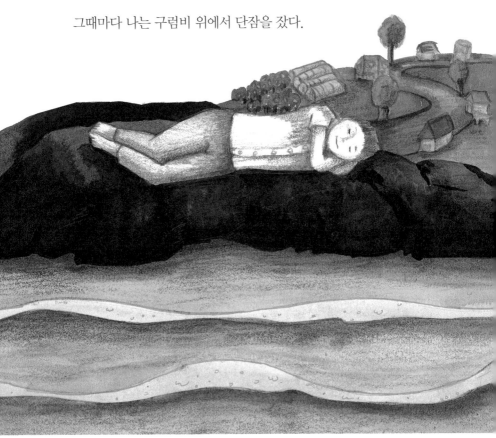

한숨 자고 일어나 목이 마르면 할망물을 떠 마셨다. 구럼비 바위에서 솟아나는 샘물인 할망물은 마을 사람들이 아주 귀하게 여기는 물이다. 아빠와 고모는 그걸 마시면 몸과 마음이 아주 깨끗해진다고 했다. 그 말을 듣고 나는 더 깨끗해진 몸으로 엄마와 만나고 싶어서 할망물을 한 번 더 떠먹었다.

구럼비는 바위이지만 샘물이 솟아나는 바위라서 예쁜 풀과 꽃이 많이 자란다. 바위에서 어떻게 풀이 자라는지 언젠가 고모에게 물어본 적이 있었다. 식물은 흙에서 자라는 거니까 말이다. 그때 고모는 눈이 반달이 되어서 거의 노래를 하다시피 구럼비 자랑을 했다.

"달리 구럼비겠니. 구럼 구럼 구럼비니까.

저기 한라산에서부터 흘러 흘러 흘러온

귀하디귀한 샘물이 사시사철 샘솟아

우리네 목 축여주고 우리네 한 씻겨주고

모드락 모드락 모여 사는 우리네 삶 기특타!

한라산할망 냇길할망 서낭당할망

사람아 사람아 귀하게 여겨주는

우리 할망들 마음이 늘 거기 샘솟으니

풀도 자라고 꽃도 피고 우리네 사랑도 피고

그러니 구럼 구럼 구럼비지. 달리 구럼비겠니.”

나는 그때 정말이지 입을 헤벌리고 고모의 노래를 들었다. 하마터면 침을 흘릴 뻔한 것 같기도 하다.

고모가 노래를 잘하는 건 나도 익히 알고 있는 사실이지만, 사실 고모의 노래들은 내가 그다지 좋아할 만한 것들은 아니다. 그런데 고모의 그 노래를 들은 후에는 며칠 동안 내 입에서 ‘구럼 구럼 구럼비지’ 하는 말이 흥얼흥얼거리면서 나도 몰래 나왔다.

그 뒤로 한동안 나와 친구들은 구럼비에서 놀 때 ‘구럼 구럼 구럼비지’ 장단을 맞춰가면서 숨바꼭질도 하고 얼음놀이도 했다. 민지가 그 말을 특히 재밌어해서 나는 아주 기분이 좋았다.

민지는 긴 머리카락처럼 휘잉 바람에 이리저리 쏠리는 층층고랭이 사이에 보물을 숨겨놓고 보물찾기 놀이를 하는 걸 특히 좋아해서, 하마터면 내 보물인 태극마크 요요와 철인28호를 잃어버릴 뻔한 적이 있다. 분명 숨겨놓았는데 아무리 찾아도 없어서 거의 울상이 되어가는데, 영호가 요요를 찾아냈다. 우리는 진짜 보물을 발견한 것처럼 팔짝팔짝 뛰면서 환호성을 질렀다.

그런데 그 다음으로 숨긴 철인28호가 도대체 나타나지 않았다. 철인28호는 내가 요요 다음으로 소중하게 생각하는 보물이다. 한 시간도 넘게 찾았는데 나타나지 않아서 나는 철인28호를 숨긴 영호에게 화를 낼 뻔했다. 그런데 민지가 층층고랭이 무더기들을 처음부터 하나하나 찾아보면 분명히 있을 거라고 장담했다. 그러고는 나더러 '철인28호야!' 하고 부르라고 했다. 내가 '철인28호야!'라고 부르자 민지와 영호와 가람이가 '구럼 구럼 구럼비지!' 하고 돌림노래처럼 받았다.

"걱정 마. 분명히 구럼비가 철인28호를 찾아줄 거야."

민지는 내 손을 꼭 잡고 그렇게 말했다. 나는 그때 민지가 나보다 훨씬 어른스럽게 느껴졌다. 맨날 용감한 척은 내가 다 하는데…….

결국 철인28호를 찾았다. 녀석은 키가 아주 큰 층층고랭이 무더기에 푹 파묻혀서 낮잠을 자고 있었다. 분명히 내가 숨긴 곳은 그쪽이 아니었는데 철인28호가 저절로 다른 곳으로 걸어갔나? 나는 계속 갸우뚱하긴 했지만, 찾았으니 상관없었다.

민지는 풀이름을 아주 많이 알고 있었다. 눈비아기풀, 하르비고장, 해바라기풀, 숨부기, 소앵이…… 사실 머리카락처럼 길게 자라는 그 층층고랭이가 층층고랭이인 것도 민지 때문에 알게 된 것이다.

민지 덕분에 이름이 아주 중요하다는 걸 배웠다.

그러고 보니, 풀도 꽃도 물고기도 게도 이름을 불러주면 훨씬 좋아하는 것 같다. 철인28호를 찾을 수 있었던 것도 '철인28호야!' 하고 불러

줬기 때문이 아닐까.

구럼비에서 놀다보면 마음속에 꾹꾹 담아두었던 말들이 돌고래처럼 튀어 오르기도 했다. 구럼비가 집인 붉은발말똥게의 말똥말똥한 두 눈이 내 마음속을 빤히 들여다보는 것 같은 느낌이 들 때도 있다. 나는 그럴 때면 구럼비에 찰싹 엎드려서 그 녀석을 향해서 말했다.

"붉은발말똥게야!"

그러면 한 가족이 몽땅 나와서 놀던 녀석들 중에 아빠 똥게가 나를 빤히 쳐다본다.

여기선 그 말을 해도 돼.

마치 그러는 것 같다. 아빠가 들으면 슬퍼할까 봐 꾹 참았던 말이었다. 영호와 민지에게도 씩씩한 척하느라 한 번도 앞에서 하지 않았던 말이기도 했다.

아예 잊어버릴까 봐 속으로만 자꾸 하던 말. 그 말을 여기에 오면 맘껏 할 수 있었다.

"엄, 엄…… 마. 엄마."

그때마다 파도가 좀 더 빠르고 세게 구럼비 쪽으로 다가왔다.

한별아…….

분명 엄마 목소리였다.

엄마!

우리 한별이 잘 자랐구나.

엄마 나 해군이 될 거야. 그래서 아빠도 여기에 있는 엄마도, 물질하고 있는 고모도 다 지킬 거야!

우리 별이 장하구나. 그럼, 꼭 그렇게 될 거야. 엄마가 응원할게.

고모가 바다에서 건져 올리는 소라나 전복은 하나하나 다 떨어져있는 것이었는데, 내 마음속의 소라와 전복에 관한 이야기들은 자꾸자꾸 이어져서 끊길 줄 몰랐다. 엄마는 아주 오랫동안 구럼비 위에 머물렀다. 나는 엄마의 목소리를 따라, 엄마의 손길을 따라 자리를 옮겨 다니면서, 곳곳에 고여있는 할망물을 떠 마시며 엄마와 이야기를 나누었다.

엄마와 이곳에서 더 자주 만나기로 약속을 하고 집에 돌아왔다. 구럼비에 자주 와서 엄마를 만나다 보니 얼굴도 금방 탔다. 친구들이 놀릴 때마다 나는 군인이 될 거니까 괜찮다고 해주었다.

엄마와의 비밀 이야기가 구럼비 위에 차곡차곡 쌓여가기 시작했다.

저녁이 되어 고모가 나를 찾으러 올 때까지 나는 그곳에 머무는 날이 많아졌다.

3.

"학교 다녀오겠습니다아!"

"어이쿠, 이 녀석아! 동네 다 떠나가겠다."

나는 거수경례를 하는 것도 잊지 않았다. 어깨를 꼿꼿하게 펴고 손은 직각이 되도록 유지한 채, 아빠를 바라보며 서있었다. 조용하던 옆집 개가 덩달아 짖어댔다. 감귤밭에서 허리를 잔뜩 구부린 채 일을 하고 있던 아빠는 두 귀를 막는 시늉으로 내 인사를 받아주었다. 그러다 나와 눈이 마주치자 아빠도 귀를 막았던 손을 이마 위로 가져다 대고는 "쉬엇!" 했다.

아빠는 감귤 농사를 짓는 농부다.

내가 태어나기 전부터 감귤밭에서 일을 해왔다고 한다. 그러니 아빠는 농사에 관한 일들이라면 두 눈을 감고도 척척 해결해나가는 천하제일 일꾼이다. 엄마는 아빠가 일을 하다가 땀을 닦기 위해 허리를 펴고 기지개를 켜는 순간이 가장 멋있다고 칭찬했다고 한다. 그러나 그것은 순전히 아빠의 말이기 때문에 사실인지 어떤지는 알 수 없다.

우리 동네에는 아빠와 같은 사람들이 대부분이다. 이곳에서 태어나고 자라서 이곳의 일꾼이 되어 살아가는 사람들 말이다.

그럼 내가 어른이 되어서도 아빠는 밭에 있겠네?

당연하지! 내가 어딜 가겠니. 우리 한별이가 해군이 되어 바다를 지키고, 아빠는 감귤밭을 지키고!

아빠, 약속!

짜식!

엄마가 보고 싶으면 구럼비에 가면 되고, 아빠가 보고 싶으면 감귤밭으로 가면 된다고 생각하니 나는 어느새 부자가 된 기분이었다. 나는 해군 제복을 입고 감귤밭으로 인사를 하러 오는 내 모습을 상상을 하기 시작했다. 생각만으로도 이미 모든 것들이 다 이루어진 느낌이었다.

아빠는 나에게 비싼 운동화와 가방을 사주지 못해서 미안하다고 말했다. 밖에 나가서 내가 또 괜히 주눅이 들까 봐 걱정이신 것 같았다. 하지만 나는 미래의 해군 아닌가! 운동화가 비싼 게 아니어도 괜찮았다. 내 몸이 더 비싸고, 아빠 마음은 하늘에 있는 구름을 모조리 갖다 팔아도 살 수 없는 것이니까.

우리 동네는 밤이나 낮이나 조용한 곳이다. 골목에 가만히 서있으면 바람 소리와 파도 소리만 들려올 정도였으니 말이다. 감귤밭에서 아빠와 함께 나누는 이야기를 들은 옆집 창희 할아버지가 '허허, 그 녀석!'

하며 웃고 지나가셨다.

"아침부터 동네를 죄다 들쑤시는구나!"

창희 할아버지가 지나간 자리 위로 고모가 나타났다. 혜성 같다고 말하기엔 고모의 발이 너무 느리고, 혜성처럼 빛난다고 말하기엔 고모가 입고 있는 해녀복이 너무 새카맸다.

"고모! 충성! 안녕히 주무셨어요?"

고모도 거수경례를 하며 내 인사를 받아주었다.

"그래. 누가 보면 휴가 나온 군인인 줄 알겠네. 뭐 때문에 그렇게 기운이 넘치는 거냐?"

나는 밤새 꿈속에서 엄마와 이야기를 나누었다고 말하지 않았다. 내가 그냥 아무 말없이 웃어버리자 고모는 별 싱거운 녀석 다 보겠다는 듯 아빠와 나를 스쳐 바다 쪽으로 발걸음을 옮겨갔다.

고모가 해녀복을 입고 망사리와 테왁을 들고 구럼비 쪽으로 걸어가는 것이 조금은 슬프게 느껴졌다. 아빠에게서 고모가 이제는 건강이 많이 나빠지셨다는 이야기를 전해 들었기 때문이다. 그래서 먼 바다나 깊은 물에 가는 건 조심해야 한다고 했다. 그런데도 고모는 날마다 일하러 나갔다. 해군이 되어 가장 먼저 할 일 중 하나가 아빠와 고모를 편안하게 모시는 일이 될 것이다. 나는 시간을 건너뛰어 얼른 어른이 되고 싶었다.

　나는 학교 쪽으로 뛰어가면서 고모가 가는 쪽을 한 번 더 돌아봤다. 고모는 천천히 한 걸음 한 걸음 바다를 향해 걸어가고 있었다.

　아빠가 열심히 치운다고 치워도 집은 늘 지저분했다. 아빠는 내가 학교 갈 준비하는 것을 도와주고, 매일 감귤밭에 나가서 일을 하고 다시 돌아와 또 내 저녁밥을 챙겨주어야 하니 몸이 몇 개라도 모자랄 것이다. 그러니 이 정도도 깨끗하다고 감사히 여기는 게 마음 편하다.

　하지만 밥이랑 반찬을 말해야 한다면……. 아빠가 해주는 된장찌개는 솔직히 맛이 없다. 생선은 다 태워버리기 일쑤였고, 계란프라이 하나도 제대로 만드는 것을 본 적이 없었다. 어쩌다 내가 하는 계란프라이가 아빠가 하는 것보다 더 예쁘고 먹음직스러워 보일 지경이었으니. 아빠는 아무래도 감귤을 예쁘게 키우는 것만 잘하는 것 같았다.

　나는 아빠가 밥상을 가지고 들어올 때 표정 관리를 잘하려고 음악 시간에 배운 '아 에 이 오 우'를 입 모양을 크게 하면서 소리 내어보기도 했다. 하지만 아무리 노력해도 아빠가 차려놓은 반찬은 실망스러울 때가 많았다. 그럴 땐 표정 관리가 잘 안 되었다. 아빠는 사내 녀석이 반찬 투정이나 한다고 꿀밤을 먹이곤 했다. 용기 있는 사나이는 반찬 투정을 안 한다는 것이다. 나는 맛없는 걸 맛없다고 말할 수 있는 게 진짜 용기라고 맞받아쳤다. 장난처럼 한 말이었는데 아빠는 조금 시무룩해진 표정이었다. 나는 아빠에게 그래도 먹을 만하다고 말해주었다.

아빠가 젓가락을 내려놓은 손으로 내 뒤통수를 쓸어내려 주었다. 먹을 만하다고 하긴 했어도, 사실 나는 그때도 고모가 언제 오시나 궁금했다.

고모는 자주 우리 집에 와서 빨래도 해주고 청소도 해줬다. 고모는 물질을 잘하는 손만 가지고 있는 게 아니었다. 고모가 한 번 다녀가면 집 안 곳곳이 다 반짝거렸다. 게다가 아빠가 한 것과는 완전 다른 먹음직스러워 보이는 반찬도 많이 해놓고 갔다. 내가 좋아하는 소고기 장조림, 메추리알 졸임, 어묵 볶음, 연근 조림 같은 건 실제로도 맛이 진짜 끝내준다.

"우리 한별이 많이 먹고 쑤욱 쑥 자라야지!"

고모가 내 밥 위에 반찬을 올려주며 말할 때마다 나는 정말로 '쑤욱 쑥' 자라고 싶었다.

"고모. 저 얼른 쑤욱 쑥 자랄게요!"

나는 고모가 벌써 나를 듬직한 해군이라고 생각해주는 것 같아 우쭐해졌다.

"이따 어제 하다만 얘기 이어서 해줄 테니까 일찍 와. 알았지?"

"아…… 응. 알았어."

고모는 내게 이야기해주는 걸 좋아한다. 때론 듣는 사람이 없어도 흥얼흥얼 혼자 이야기를 할 때도 있었다. 언젠가는 학교에서 반 대항 피구 시합을 하느라고 좀 늦게 돌아왔는데, 고모가 마루 위에 앉아서 누구랑 열심히 이야기를 하고 있었다. 나는 그때 아빠가 방에 있는 줄 알았다. 그런데 아니었다. 내가 마당에 들어서니 고모는 눈이 반달이 되었다. 누구랑 이야기가 그렇게 재밌냐고 했더니, 내가 늦게 와서 해바라기꽃한테 이야기를 해줬다고 했다. 그때 마당에는 해바라기가 노란 달처럼 피어있었다.

이렇게 이야기하는 걸 좋아하는 고모가 나는 가끔 걱정되기도 했다.

물질을 하다가 말을 하고 싶어지면 어떡하지? 바닷속에서 고모는 누구와 말을 할까. 혹시 내 눈에는 보이지 않는 누군가가 고모 옆에 있는 걸까? 그런 생각들이 들자 갑자기 목덜미에 소름이 돋아나는 것 같았다.

가끔 고모는 아예 노래를 부르기도 했다. 동네에서 잔치가 있을 때마다 고모는 동네 초청 가수가 되곤 했다. 하루 종일 흥얼흥얼 노래를 부르니 고모가 노래를 잘하는 건 당연한 일이다. 아무튼 노래 덕분에 고모는 집에 혼자 있어도 심심해 보이지 않았다.

그런데 문제는, 나와 함께 있을 때 정말이지 쉴 새 없이 이야기를 하려고 한다는 것이다. 고모가 해주는 이야기들이 해군이 되는 방법이나 군함을 조종하는 법 같은 얘기라면 귀를 쫑긋 세울 것이다.

하지만 고모가 해주는 이야기는 주로 바닷속 풍경들과 옛날에 텔레비전에서 방송되었다는 '전설의 고향'에 나오는 효자 이야기나 한라산에 산다는 마술 부리는 할머니 이야기 같은, 진짜 '전설' 같은 이야기들이 대부분이었다. 한라산에 사는 거인 할머니 이야기는 내가 좀 어렸을 때까지는 재밌었다. 거인 할머니가 수수범벅을 만들어 먹고 똥을 싼 게 오름이 되었다는 얘기나 할머니가 오줌을 싸면 냇물도 되고 폭포도 되고 하는 이야기는 처음 들을 땐 완전 재밌어서 자꾸 해달라고 내가 고모에게 조른 적도 있다. 하지만 그건 내가 아직 초등학교 저학년일 때의 이야기다. 나는 이제 어엿한 고학년이고 곧 중학교에 들어가야 하는 '미래의 주역인 청소년'이기 때문에 더 이상 그런 땅꼬마들 이야기를 들으면서 재밌어할 수가 없는 것이다.

한 가지 이상한 것은, 고모의 이야기는 들으면 들을수록 뭔가 아주 슬픈 기분이 들 때가 있다는 거다. 바닷속의 아름다운 풍경을 말할 때도 뭔가 자꾸 사라져가서 슬퍼지고, 한라산 거인 할머니 이야기도 앞부

분은 웃긴데 듣다 보면 한라산에서 죽은 사람들 이야기가 나와서 좀 으스스해지곤 한다. 물론 고모는 그런 대목은 자세하게 이야기해주지 않고 흥얼흥얼 노래로 대신하곤 하지만, 느낌으로 나는 고모가 슬퍼한다는 것을 알 수 있다.

사실 나는 고모의 이야기를 건성으로 듣는 때가 많았지만, 꿈을 결정한 이후로는 고모의 이야기를 좀 더 진지하게 들어드려야겠다는 생각을 하게 되었다.

고모의 이야기를 잘 들어드리는 것도 우리 가족을 지키는 일 중 하나라고 생각하게 되었기 때문이다.

그때부터 나는 손가락으로 두 귀를 마구 파낸 후에 고모의 이야기를 경청하기 시작했다. 그렇게 변한 나의 모습은 내가 생각해도 대견스럽다. 어른이 된다는 건 책임감이 커지는 것이고, 책임감이 커진다는 것은 점점 더 멋진 사나이가 되어간다는 것이니까.

아마 오늘 저녁 준비를 하면서도 고모는 나에게 아주 많은 이야기를 들려줄 것이다.

나는 고모의 이야기를 잘 들어주기 위해 다시 한번 귀를 쓱쓱 후벼보았다.

할망, 할망 굽어주세요, 살펴주세요.

바다에 나가느라고 이쪽으로 발길 잘 못해서 노하셨지요.

할망, 할망 냇길할망. 우리 별이, 별이 아빠 굽어살펴 주세요.

서낭당할망, 이리 찾아와 비나이다. 우리 별이, 별이 아빠 하는 일

모두 다 잘되고 무사 무탈하게 또 일 년을 지날 수 있도록

굽어주세요 살펴주세요.

물질하는데 비바람 많이 타지 않고 그저 무사하게만, 건강하게만

보살펴주세요.

바다에 구렁할망 계시고 산에 냇길할망 계셔서 얼마나 좋은지요.

물질하다가도 산을 보면 냇길할망 계신 쪽으로 눈이 가고

여기서 이렇게 내려다보면 구렁할망이 저쪽에 계시겠다, 생각하면

바다 쪽으로 가는 마음이 얼마나 든든하고 좋은가 모르겠어요.

…… 할망, 먼저 간 우리 별이 엄마도 지켜주세요. 저 어린것 놔두고

먼 길 가느라 얼마나 가슴이 타겠어요.

그저 극락왕생해서 다음에는 천수 누릴 수 있게 잘 인도해주세요.

별이 엄마 가는 길에……

혹시라도 우리 아버지 아직 그 길에서 헤매고 계시거든

이제는 편히 가시라고, 여기는 이제 다 괜찮다고 말 좀 전해주세요.

어젯밤에 젯밥 얻어 드셨으니 그 힘으로, 이제는 갈 길로 가시라고

제 마음 좀 전해주세요, 그 길에, 오빠들도 모두 다 데리고 가시라고…….

찢겨 죽고 뽑혀 죽고 타 죽은 우리 가족들

모두 여기 할망 인도로 편히, 이제는 그저 편하게만 쉴 수 있게

굽어살펴 주세요.

…… 살펴주세요.

할망 할망 냇길할망

엊저녁엔 몇 사람이나 다녀갔소

구렁 구렁 구렁할망

어제도 할망 몸에 발꽃 피었소

사월, 사월이었지, 초록이 흐드러진

그 사월에 죽은 이들 다녀가느라 냇길할망 가슴속이

붉게 변해버렸소

서낭당할망 뿌리가 그 물 다 빨아들이느라

너덜너덜 해져버렸소

서낭당할망 뿌리가 마을을 지나 구렁할망 쪽으로

붉은 물 뿜어대느라 마을이 밤새 환하게 불탔소

그날처럼, 그때처럼, 사람들이 잠 못 자고

두 손 모아 빌어댔소, 빌어댔소

아직도 제 몸 다 못 찾아간 이들 원통해

냇길할망 속으로 들어갔다 구렁할망 위로 올라섰다

서낭당할망 잎사귀에 들러붙었다, 줄기에 미끄러지고

제 몸 찾아, 제 손 찾아, 발목 찾아, 손가락 찾아

머리 찾아…… 찾을 게 없는데도 계속 찾아

한이 깊어진 원혼들이 두 발을, 한 발을, 한쪽 손목을

구렁할망 위에 놓고 가니

구렁할망 그 모든 것들 꾹꾹 눌러 제 몸에 새겨두고

노래할 때를 잊고 잊어 죽고 잊어

날이 밝도록 혼을 달래느라 마을이 밝고 밝아 밝고 밝아

할망, 할망, 냇길할망

구렁할망, 서낭당할망

이렇게 마을을 지켜주시니

너영 나영 두리둥실 놀고요

낮에 낮에나 밤에 밤에나

4.

"별이 넌 좋겠다."

"뭐가?"

잠시 내 표정을 살피던 영호가 손에 움켜쥐고 있던 것을 활짝 편 채 앞으로 바짝 다가왔다.

"이것 좀 봐. 짜잔!"

영호와 내 주변으로 반 친구들이 몰려들었다. 영호가 펼쳐 든 종이에는 텔레비전에서나 보던 그림이 있었다. 마징가제트 머리를 닮은 것도 같았다. 종이 그림 속에서 머지않아 로봇도 튀어나올 것 같았다. 마을에서 흔히 볼 수 있는 둥근 돌담이나 구럼비 바위 같은 구불구불한 선들이 아닌 꼿꼿한 직선으로 이루어진 건축물들이 잔뜩 들어가 있었다. 건축물들의 끝에는 커다란 배도 보였다. 고기를 잡거나 섬을 오가는 배는 아니었다. 아주 넓은 갑판에 포격대가 설치되어있는 튼튼하고 안테나가 달린 멋진 배였다.

"이게 뭔데?"

"뭐긴 뭐야. 해군기지지."

그 말이 끝나자마자 다들 좀 더 가까이 그림을 들여다보았다.

정말이지 그럴싸한 그림이었다. 텔레비전 만화영화에서 보았던 멋진 그림들이 잔뜩 그려져있었다. 자로 쭉쭉 그은 듯 뻗어나간 산뜻한 벽과 건물들이 파란색 바다 위에 떠있는 모습이라니!

나는 군복을 차려입고 군함에 올라탄 모습을 상상해보았다. 해군 장병들과 함께 흰 제복에 군화를 신고 발맞추어 행진하는 모습도 떠올려보았다. 멋진 해군기지 위에 서서 절도 있는 모습으로 경례를 하고 있는 나와 뿌듯하게 나를 바라보는 고모와 아빠의 얼굴이 차례대로 떠올랐다. 엄마도 역시 나를 바라보고 있겠지?

이 해군기지에서 우리나라의 바다도 지키고 사람들도 지킨단 말이지? 이게 있으면 우리 가족뿐만 아니라 우리 마을과 구럼비, 모두모두 튼튼하게 지켜낼 수가 있다는 거다. 나는 뭐라고 딱 잘라 표현하기는 어렵지만 엄청 뿌듯한 느낌이 들어서 가슴을 쫙 폈다.

"그럼 별이가 나중에 여기서 바다를 지키는 거야?"

친구들 틈에 끼여있던 민지가 물었다. 민지는 내 얼굴을 빤히 바라봤다. 나는 부끄러웠지만 그 눈을 피하지 않았다.

"그러엄. 해군이라면 해군기지에서 나라를 지키는 게 당연하지."

"우와……."

민지의 눈이 나를 향해 다시 한 번 빛났다.

"그런데 이게 어디에 있는 거야?"

"아, 그거 내가 알아. 곧 우리 동네에 생길 거래."

민철이가 아는 척을 하며 한마디 했다. 와! 모여있던 친구들이 한꺼번에 환호성을 질렀다. 몇몇은 바닥에서 껑충 뛰어오르기까지 했다. 나를 붙잡고 나중에 해군이 되면 해군기지를 꼭 구경시켜달라는 친구들도 있었다. 뭐 그런 걸 가지고! 당연하지, 너도, 너도, 너도 꼭 구경 와라, 알았지?

사실 민지가 나에게 그런 부탁을 해줬으면 하는 마음이 컸다. 그러면 가장 큰 군함의 선장실에 태워주겠다고 할 텐데.

그런데 무슨 일인지 민지는 영호가 가져온 그림을 골똘히 보고만 있었다.

"근데 영호야, 이렇게 큰 게 우리 동네 어디에 생기는 거야?"

"응, 저쪽 구럼비 바위에 생긴대."

민철이의 대답이 나오자, 아이들은 순식간에 어려운 수학 문제를 풀어야 하는 얼굴이 되었다. 뭔가 갸우뚱하긴 한데 딱 집어서 뭐가 문제인지는 잘 모르는 얼굴로 아이들이 하나 둘 나를 쳐다보기 시작했다.

너는 뭘 좀 알고 있느냐는 질문들이 그 얼굴들 위에 얹혀있었다. 무슨 대답이라도 하지 않으면 조금 전까지 나를 치켜세우던 아이들이 바로 나에게 달려들 것만 같은 기분이 들었다.

"거기는 작은 배들만 드나드는 포구잖아. 그런데 어떻게 이렇게 큰 배가 들어온다는 거야?"

민지가 불안한 얼굴이 되어 조그만 목소리로 물었다. 민지의 목소리가 조금 떨려서 나오는 것 같았다.

"그거야 구럼비를 깨고 그 위에 만든다는 거지. 시멘트로 다 덮어서."

영호가 가져온 종이를 민철이가 다시 펼쳤다. 그러더니 손가락으로 종이에 표시된 기다란 직선 벽을 쭉 따라가며 가리켰다.

"봐, 여기가 해안이잖아. 근데 일직선이지? 본래 여기는 구럼비가 저쪽까지 이어져있는 데잖아. 구럼비를 폭파해서 네모나게 시멘트를 싹 바르면 바로 이렇게 되는 거야."

"에이 말도 안 되는 소리."

아이들이 한꺼번에 야유하는 소리를 냈다. 그런 가운데 민지의 얼굴이 하얗게 질려가기 시작했다.

"왜……, 왜 구럼비를 폭파한다는 거야?"

"그야 해군기지를 만들려고."

"해군기지는 우리 바다와 마을을 지켜주기 위한 거잖아."

"응, 그렇지."

"구럼비는 우리 마을이잖아."

"……."

아이들의 얼굴이 민지를 따라 점점 더 굳어졌다. 민지의 말을 듣자 나도 너무 헷갈려서 정신을 차릴 수 없었다. 마을을 지켜줘야 하는 해군이 마을을 부순다고?! 아이들이 나에게 이유를 물어올까 봐 걱정이 되기 시작했다. 특히나 민지가 물어오면 어떻게 하지? 나는 갑자기 오줌이 마려웠다. 화장실에 간다고 하고 빨리 여기서 도망가고 싶은 기분이었다.

그때 민지가 나를 바라보았다. 아, 올 것이 왔다! 화장실에 가겠다고 지금 일어서야 하나 어쩌나. 멍청이처럼 보이지나 않을까.

민지가 울상이 다 된 얼굴로 나에게 물었다.

"그럼 우리 이제 구럼비에서 못 놀아?"

민지의 목소리가 조금 더 울먹거리기 시작했다. 그러더니 내가 뭐라고 대답하기도 전에 민지의 눈에 눈물이 가득 고였다. 그리고 곧바로 굵은 눈물이 뚝뚝 떨어지는 게 아닌가. 눈물을 닦을 생각도 하지 않고 민지가 말했다.

"똥게는 어디로 가? 층층고랭이는? 맹꽁이는?"

나는 머릿속이 하얘졌다.

"그 애들은 거기가 집인데 다 어디로 가라고……."

"어…… 글쎄. 그러고 보니……."

"할망물은?"

"어…… 그러니까……."

내가 아무 말도 못하고 버버거리는 중에 영호가 한마디 했다.

"에이, 민철이 거짓말쟁이! 군인들이 구럼비를 왜 깨냐? 군인은 우리 집을 지켜주고 보호해주는 사람들이잖아."

맞다! 그렇지! 영호는 역시 내 친구다. 그제야 아이들이 다시 와글거리기 시작했다.

"맞아. 말도 안 돼. 예전에 선생님이 구럼비엔 우리가 보호하고 지켜야 할 생물들이 많다고 했어."

"생각났다! 지켜줘야 하는 멸종위기동물! 저기 게시판에도 붙어있잖아."

모두 뒤를 돌아 게시판을 바라봤다. 거기엔 민지가 그린 그림도 있고 선생님과 함께 스크랩한 자료도 붙어있었다. 우리 마을, '강정'에 대한 소개도 있었다.

"저기 있잖아. 소중한 자연이라서 절대적으로 보호해야 하는 절.대.보.전.지.역."

"맞다! 나도 생각났어."

"아, 아닌데… 구럼비에 생긴다고 그랬는데."

"아니긴 뭐가 아냐. 우리 아빠도 할머니도 어릴 때부터 거기서 놀았다던데. 그게 갑자기 없어진다는 게 말이 되냐?"

다들 민철이의 거짓말에 속았다는 듯이 한숨을 쉬었다.

"그럼, 그렇지. 이런 게 어떻게 생긴다고. 절대 그럴 리 없어."

그때 민지가 눈물이 덜 마른 눈으로 날 바라봤다. 민지와 눈이 마주치자 나는 무슨 말이든지 해줘야 할 것 같았다.

"미래의 해군으로써 말하는 건데, 그런 일은 절대 일어나지 않아."

아이들은 내 말은 듣는 둥 마는 둥 했다. 잠깐의 혼란이 일었지만 곧이어 나타난 담임선생님 덕분에 바로 잠잠해졌다. 선생님은 알고 계실지도 모르겠다는 생각을 했다. 하지만 물어볼 수 없었다. 왠지 불안했기 때문이다.

학교 끝나고 가는 길에 영호와 민지는 좀 시무룩해 보였다. 아까 해군기지 일이 마음에 걸리는 모양이었다. 영호도 해군기지가 구럼비에 생길 수도 있다고 생각하니 슬픈 모양이었다.

"그런 거 절대 안 생기니까 걱정하지 마."

그제야 영호와 민지는 조금 웃었다.

나는 집으로 가기 전 시간을 좀 보낼 궁리를 했다. 집에 가면 고모 얘기를 들어줘야 하기 때문이었다.

다 같이 구럼비에 가서 놀다 갈까. 엄마도 볼 겸.

영호와 민지에게 말해보려는데 둘이 보이지 않았다. 뒤를 돌아보니 둘은 중국집 앞에서 멈춰있었다.

"너네 자장면 먹고 싶어?"

"응."

"나도. 근데 우리 돈이 없어. 한 그릇도 못 사 먹겠는데? 한별아 너는?"

"아…… 나도 이거밖에 없는데."

내가 동전을 꺼내놓자 민지가 좀 실망하는 것 같았다. 아까는 미래의 해군이라고 큰소리쳤는데 체면이 말이 아니다.

"그냥 가자. 사실 난 별로 배 안 고파."

민지가 다시 말했지만, 나는 민지에게 자장면을 사주고 싶었다.

"아냐. 내가 지금 사줄게. 따라 들어와."

나는 구럼비에 갈 때처럼 씩씩하게 앞장서서 중국집 안으로 들어갔다. 해군처럼 늠름한 걸음으로 들어가 테이블을 차지하고 앉았다. 영호와 민지도 얼떨결에 따라 들어왔다. 둘은 의자에 앉을 때까지 사방을 두리번거렸다.

"한별아 너 어쩌려고 그래?"

"다 방법이 있어. 나만 믿어."

말은 그렇게 했지만 내 눈앞은 깜깜했다. 이제 어쩌지. 민지는 내 얼굴만 불안하게 보고 있다. 생각을 정리하기도 전에 중국집 아저씨가 물을 들고 왔다.

"뭐로 줄까?"

"저…… 아저씨…….''

"자장면 셋?"

"그게 아니라요. 사실 저희가 돈이 이천이백 원밖에 없어서요. 그만큼만 자장면 주시면 안 될까요?"

"뭐라고?"

중국집 아저씨가 갑자기 목소리를 높였다. 민지가 울상이 되었다. 영

64

호는 그럴 줄 알았다는 듯이 얼굴을 다른 쪽으로 돌려버렸다.

"제가 나중에 해군이 되면 꼭 갚을게요."

나는 될 대로 되라는 심정으로 말했다. 중국집 아저씨 눈을 똑바로 봐야 하는데 그게 쉽지 않았다. 이대로 쫓겨나면 어쩌지. 그럼 민지 앞에서 이게 무슨 망신인가. 나는 침을 꼴깍 삼켰다.

"진짜지?"

"…… 네?"

"진짜 해군 돼서 갚을 테냐?"

"네! 그럼요!"

"허허, 녀석 이런 배짱이라면 해군이 되고도 남겠구나. 기다려라."

중국집 아저씨는 그 말을 하고 주방으로 들어갔다. 민지와 영호가 마주 보며 어리둥절해하는 사이 자장면 세 그릇이 나왔다. 그제야 우리 셋은 활짝 웃었다. 나는 속으로 안도의 한숨을 쉬었다.

"잘 먹겠습니다!"

우리는 동시에 말하고 자장면을 먹기 시작했다. 아저씨는 옆 테이블을 치우다가 우리를 바라봤다.

"먹성도 좋은 게 진짜 해군 같네. 머리도 짧고 얼굴도 까무잡잡하니."

"아저씨 제가 해군이 되면 우리 마을도 지키고 아저씨랑 이 중국집도 꼭 지킬 거예요."

"그래? 그럼 군만두라도 줘야겠는걸?"

아저씨는 미래의 해군에게 주는 특별 서비스라며 막 튀겨낸 군만두도 가져다 주셨다.

"감사합니다!"

"많이 먹어라. 그 용기를 계속 갖고 있으면 해군이 되고도 남을게다."

자장면에 만두까지 나눠 먹은 우리는 배가 터질 것 같았다. 미래 해군 체면이 있지! 나는 주머니에 있는 돈을 모조리 아저씨께 드렸다. 한사코 받지 않으시려는 아저씨에게 억지로 돈을 드린 후, '이러시면 우리 다음에 또 못 온다.'고 했더니 아저씨가 크게 웃으셨다. 그 말은 언젠가 아빠가 이곳에 와서 아저씨에게 소주 한잔을 권하면서 한 말이기도 했다. 중국집을 나올 때 민지는 나를 자랑스럽게 바라봤다.

"한별아 너 진짜 대단하다. 어디서 그런 용기가 나왔어?"

"미래의 해군에게 그런 건 기본이지."

영호와 민지에게 나는 브이를 그렸다.

영호와 민지와 헤어지고 나서도 나는 집으로 가지 않았다. 대신 아빠가 일하는 감귤밭으로 갔다. 거기 있다가 아빠랑 같이 집에 가면 고모가 하는 얘기를 듣지 않아도 될 것 같았다.

"아빠! 충성! 학교 다녀왔습니다."

멀리 아빠가 보이자마자 나는 큰 소리로 경례를 했다. 아빠는 나를 보더니 손을 번쩍 들어 흔들어줬다. 그 뒤로 이제 막 맺히기 시작한 감귤이 보였다.

이렇게 보니 정말 그게 별처럼 보이는 것도 같았다.

아빠의 지갑엔 내 사진이 있다. 엄마가 찍어준 사진이라고 했다.

아빠, 사진을 왜 앨범에 안 넣고 지갑에 가지고 다녀?

그건 매일매일 보려고 그러는 거지. 앨범에 있으면 밖에서 보고 싶을 때 못 보잖아.

우리는 매일 보잖아.

너 학교 갔을 땐 보고 싶어도 못 보잖아.

그렇게 보고 싶어?

그럼.

아빠가 그 말을 했을 때 나는 조금 미안했다. 나는 아빠 사진을 가지고 다니지 않았기 때문이다.

사나이라면 보고 싶은 것도 꾹 참을 줄 알아야 한다고만 생각했다. 그런데 아빠 말을 들어보니 생각이 좀 달라졌다. 아빠를 지키는 건 내가 해야 할 일이니까 아빠 얼굴을 자주 보는 게 좋을 것 같았다.

아빠 지갑 속 사진은 내가 감귤밭에 있는 사진이다. 사진에는 나뭇가지가 휘어질 정도로 감귤이 주렁주렁 매달려있었다. 그 가운데서 나는 손가락으로 뭔가를 가리키고 있었다.

근데 아빠 나 뭘 가리키고 있는 거야?

별.

응? 별?

아빠는 엄마와 만났을 때 이야기를 해주었다. 아빠가 먼저 엄마 얘기를 한 건 그때가 처음이었다. 처음에는 고모 얘기를 들을 때처럼 별로 관심이 없는 척했다. 그러나 어느새 나는 아빠 곁에 바짝 붙어 앉아있었다.

엄마가 아빠의 감귤밭을 처음 봤을 때, 엄마는 주렁주렁 매달린 노란 감귤들이 밤하늘의 별 같다고 했다고 한다.

아빠는 어깨가 조금 올라갔었겠지? 아마 내가 민지 앞에서 힘자랑을 했을 때 정도쯤 되겠다. 아빠는 엄마를 밭에 데려오길 잘했다고 생각했다고 한다. 그 다음 날부터 엄마가 아빠를 보러 자주 감귤밭에 왔기 때문이었다.

나는 엄마가 아빠를 보러 온 게 아니라 별처럼 뜬 감귤을 보러 온 거였을지도 모른다고 생각했지만, 그 말을 아빠에게 하지는 않았다.

엄마와 아빠는 구럼비에도 자주 놀러갔다. 엄마는 거기서 밤하늘에 가득한 별을 보면서 하늘이 꼭 감귤밭 같다고 했다고 한다.

감귤밭에서 엄마 손을 꼭 잡고 구럼비 바위 쪽으로 걸어간 아빠는 엄마에게 청혼을 했다고 한다. 나는 조금 쑥스럽고 손발이 오그라드는 이야기라고 생각했지만 그것이 민지와 나 사이에 있을 일이라고 상상해보니 왠지 멋있어 보였다. 나도 나중에 멋진 해군이 되면 구럼비에서 민지에게 청혼을 해야지.

우리가 결혼해서 아이가 생기면 이름을 '별'이라고 하자고 아빠가 말했을 때, 엄마는 별 말 없이 조금 웃기만 했다고 한다. 아빠는 괜히 거절당하는 건 아닌가 걱정이 앞서서 구럼비 바위 위에서 뜀뛰기 체조를 했다고.

그때 갑자기 엄마가 허공에다 대고 내 이름을 불렀다고 한다.

별이…… 한별이.

그건 아빠의 청혼을 받아준다는 뜻이었다. 나는 민지가 내 청혼을 받아준 것처럼 소리를 질렀다. 아빠도 다시 그때를 떠올리는 것인지 미소를 짓고 있었다.

나는 아빠의 이야기에 그만 푹 빠져버리고야 말았다. 아빠는 지갑을 꺼내 내 사진을 보여주었다. 나는 쑥스럽기도 하고, 지금보다 키도 작고 머리 모양도 좀 다른 사진이라 바꿔주고 싶었다. 가장 큰 이유는 씩씩해 보이지 않기 때문이다.

하지만 아빠는 고개를 저었다. 그 사진은 엄마가 찍어준 것이라고 했다. 그리고 그 사진을 보면 내가 얼마나 자랐는지 알 수 있다고 했다.

그 말을 듣자 나는 아빠의 마음이 충분히 이해되었다. 내가 아빠라도 그럴 것 같았으니까.

올해도 감귤이 정말 많이 달렸다. 그런 까닭에 아빠는 감귤밭에서 일을 할 때면 콧노래까지 흥얼거렸다.

"아빠 나랑 같이 집에 가자."

"아빠는 할 일이 좀 남았어. 우리 한별이 먼저 집에 가있어."

나는 오랜만에 아빠와 손잡고 집에 가면서 엄마 이야기를 좀 더 하고 싶었지만 어쩔 수 없었다.

"어서 가서 고모 좀 도와드려. 그래야 멋진 남자지."

그 말을 들으니 고모에게 좀 미안해졌다. 고모 혼자 집에서 일하는 생각은 하지 않고 늦게 들어갈 생각만 했으니. 어서 집으로 가야겠다.

"그럼 아빠 이따 집에서 봐."

"그래. 넘어지지 않게 조심하고."

"아빠도 참. 나도 이제 육 학년이라고."

"그래 너도 이제 다 컸다."

나는 일부러 더 씩씩하게 걸었다. 뒤에서 아빠는 내 뒷모습을 보고 있을 것이다.

할망, 할망 우리 강아지가 구렁할망에게로 가네

토닥, 토닥 우리 강아지 할망한테 가네

할망 몸에 올라서면 파도 소리로 제 어미 찾는 소리 잊고

할망 물에 목을 축이면 고픈 배도 차오르게 해주시고

뽀얀 얼굴 그대로 집에 돌아올 수 있게,

할망, 할망 우리 강아지 냇길할망에게로 가면

깊은 데 들어가지 말고 얕은 데서 발 풀어놓고

놀 수 있게 지켜주시고,

우리 상아지 지켜주시듯, 우리 가족들, 우리 마을에

아무도 다치는 사람 없게,

아무도!

5.

　고모는 나를 보자마자 앉혀 놓고 이런저런 얘기를 하기 시작했다.

　해군과 군함 얘기 같은 걸 해주면 좋겠는데 또 바닷속 이야기부터 시작했다. 거기다가 오늘은 소원을 들어주는 냇길이소 얘기를 해주겠다고 했다. 내가 사나이는 그런 미신을 안 믿는다고 하니 고모는 미신이 아니라 진짜라고 했다. 할아버지도 냇길이소 덕분에 편히 계신 거라고 했다.

　할아버지에 대한 얘기는 처음 듣는 거라서 조금 솔깃했다. 혹시 해군이었냐고 물으니 해군은 아니었지만 용감한 분이었다고 했다. 나는 손으로 턱을 받친 채 좀 더 귀를 기울였다. 명화극장에서 본《노인과 바다》가 생각났다. 아빠는 그 영화를 아주 좋아했다. 비디오로 녹화를 해놓고 가끔씩 다시 보곤 했다. 비디오를 볼 때마다 꼭 나를 불러서 함께 봤다. 그 비디오테이프를 내가 영호에게 빌려주기 전까지 다섯 번은 본 것 같다. 나는 영호에게 빌려준 비디오테이프를 일부러 찾아오지 않았다. 그 영화가 싫어서라기보다 나는 그때《명탐정 코난》에 꽂혀있었기 때문이다. 그렇게 좋아한 영화인데도 아빠는 그 비디오테이프가 없어지고 나자 더 이상 찾지 않았다. 그 무렵 감귤밭 옆에 딸기를 기르는 비닐하우스를 시작해서 아주 바빴기 때문일 것이다.

나는 《노인과 바다》에 나오는 할아버지처럼 우리 할아버지도 아주 용감한 분일 거라고 상상했다. 배를 잘 다룰 수 있는 할아버지면 최고일 거라고도 생각했다. 그런데 고모가 들려준 이야기는 영 딴판이었다. 할아버지는 산에서 돌아가셨다고 했다. 산이 초록색이 되어가고 사방에 산벚꽃들이 피어 흐드러진 4월이었다고 했다.

"왜?"

내가 물었을 때, 고모는 벌떡 일어나 앉더니 크게 숨을 들이쉬었다가 푸우 내뱉었다. 학교에서 배운 인공호흡법 같았다.

"우리 한별이가 어른이 되면 알게 될 거야."

"고모, 난 미래의 해군이야. 다 컸다구!"

"그래 우리 한별이, 해군이 되어서 그놈들처럼 나쁜 군인들에게 복수를 해다오."

나는 머릿속이 약간 헷갈렸다. 고모가 갑자기 '복수'라는 말을 써서 깜짝 놀라기도 했다.

세상에 나쁜 군인도 있는 건가? 군인은 사람들과 집과 마을을 지켜주려는 사람인데 어떻게 나쁜 군인이 있을 수 있지? 머릿속에 여러 가지 질문이 떠올랐지만, 고모의 한숨 소리가 갑자기 너무 커져서 나는 그만 생각을 멈췄다.

"응, 알았어, 고모. 내가 다 물리쳐줄게."

어서 자라 해군이 되어야 하는 이유가 날마다 그렇게 늘어갔다.

고모는 소원을 들어주는 냇길이소 이야기를 무척 하고 싶어 했지만, 사실 나는 냇길이소 이야기는 정말이지 좋아하지 않는다. 해군처럼 씩씩한 사나이가 대체 어디에 가서 소원을 빈단 말인가. 용감한 사나이는 사람들을 도와주고 소원을 들어주는 사람이지, 소원을 비는 사람이 아니라고 나는 굳게 생각하고 있었다.

그래서 고모가 소원을 들어주는 냇길이소 이야기를 시작할 때마다 차라리 바닷속 이야기를 해달라고 했다. 냇길이소보다는 바닷속 이야기가 미래의 해군에겐 훨씬 도움이 될 거라고 덧붙였다. 잠수함을 타야 할지도 모르니까 말이다.

"너 바닷속에 들어가면 어떤지 아니?"

나는 정말 궁금하다는 듯이 눈을 빛내면서 고개를 흔들었다. 그러면 고모는 아주 만족스러운 얼굴로 무릎을 툭툭 치면서 이야기를 계속했다.

"음······ 일단 숨을 꾹 참아야지. 아주 오랫동안······ 그건 용감해야 할 수 있는 일이야."

용감해야 할 수 있는 일이면 나는 언제든 환영이다. 나는 그 말을 듣자마자 코와 입을 막고 숨을 참는 시늉을 했다. 고모는 내가 이런 모습을 보여주는 걸 좋아한다. 고모는 늘 '우리 한별이 어서 자라서 훌륭한 어른이 되라.'고 하면서도 한편에서는 내가 뭘 잘 모르는 땅꼬마인 걸 좋아하는 것 같다. 나는 고모가 좋아하는 걸 보고 싶어서 가끔씩은 내가 생각해도 닭살이 돋을 만큼 땅꼬마 짓을 하기도 한다. 좋은 가장이 된다는 건 이렇게 어려운 일이다.

"푸! 하아하아······ 하아······."

나는 아주 과장되게 숨을 내쉬는 시늉을 했다.

"녀석도 참. 그게 숨비소리란다."

"그게 뭔데?"

"숨을 꾹꾹 눌러 참았다가 내뱉는 소리지."

"고모, 돌고래 바로 옆에서 봤어?"

"바로 옆에서? 얼마큼이나 옆에서?"

내가 기다렸다는 듯이 손을 쫙 펴서 한 뼘을 만들어 보여준다.

"돌고래는 못 봤고 대신 더 좋은 걸 봤지."

"뭔데?"

"산호! 빨갛다 싶으면 금방 푸르게 변하다가도 잠깐 한눈판 사이 노 랗게 피어오르지."

"정말? 또? 또 뭐가 있는데?"

"마치 춤을 추는 것처럼 돌아다니는 물고기가 있단다. 감귤 잎이 흩 날리는 것처럼 물고기들이 날아다니는 것 같지. 하얀 천 같은 것을 나 부끼면서 돌아다니는 것들도 있고…… 아! 온몸에 가시가 돋아난 것들 도 있지. 좀 더 들어가면 꼭 숲에 들어온 것 같단다."

"거기 나무도 있다고?"

"나무뿐이겠냐. 꽃도 있고 산도 있지. 땅에서는 절대 볼 수 없는 빛 깔의 꽃들이 가득 피어있단다. 바깥에선 바람에 따라 꽃이 흔들리지만 바닷속은 물결을 따라 흔들리지. 햇빛이 닿는 자리마다 보석처럼 반짝 거리고……."

"또?"

"연산호를 빼놓을 뻔했구나. 맨드라미처럼 생겼는데 이렇게 늘어났 다가 줄어들고 다시 늘어났다가 줄어들고……."

"아코디언처럼?"

"응?"

"아항, 고모는 아코디언 모르는구나? 그런 게 있어."

"아무튼 그 사이를 지나다 보면 전복이나 소라가 잔뜩 있지. 아주 못생긴 고기도 있단다. 누가 한 대 쥐어박은 것 같은 얼굴로 심통이 나서 돌아다니지."

이번엔 또 뭘 물어봐야 하나 궁리하는데 밖에서 소리가 들렸다.

"한별아 아빠 왔다."

우렁찬 아빠 목소리였다. 꺄오! 나는 반가워서 까마귀처럼 소리지를 뻔했지만 그러면 고모가 섭섭할 것 같아서 애써 참았다.

"내가 다음에 더 깊이 들어가 보고 얘기 더 해줄게."

고모가 아쉬운 듯 말했다. 다행이다. 오늘은 이제 고모 얘기를 더 듣지 않아도 된다.

아빠가 방에 들어서자 시큼한 땀 냄새가 코를 찔렀다. 좋은 냄새는 아니지만 그렇게 싫지만도 않았다.

아빠가 땀 냄새를 풍기며 열심히 일해서 가꾼 감귤에선 아주 향긋한 냄새가 나지 않는가.

사실 이 말은 민지가 처음 해준 말이긴 하지만, 이제 나 혼자서도 그렇게 생각하게 되었다. 이건 내가 정말 어른스러워졌다는 증거다. 나는 한결 더 으쓱해졌다.

밥상이 놓이자 아빠가 손을 씻고 왔다.

"누나가 애 많이 썼네요. 불고기까지 구워놓고."

"어서 드시게. 우리 해군도 많이 먹고."

"그래. 하나뿐인 우리 한별이 많이 먹고 무럭무럭 자라야지."

아빠는 계란말이 하나를 내 밥에 얹어줬다.

나는 그 순간, 갑자기 학교에서 있었던 일이 생각났다.

"아빠, 하나뿐이란 건 어떤 거야?"

"그건 아주 소중하다는 뜻이지."

아빠가 생선 구이의 살을 뜯으면서 대답했다.

"구럼비처럼?"

내가 다시 묻자, 아빠가 젓가락질을 멈추더니 나를 가만히 건너다보았다.

할망, 구렁할망 큰일 났어요! 세상에, 세상에! 육지 사람들이

할망 몸에 손을 댄다네요! 엊그제, 한참 물질 잘하고 있는 우리를 불러

어느 회관으로 모이라고 하더라고요. 그리로 가봤더니 우리더러

할망을 부수고 여기다가 군사기지를 짓는 일에 찬성을 하라고,

그러면 우리도 살기가 좋아진다고,

번지르르하게 설명하면서 찬성하는 사람은

손을 들라고 하더라고요!

할망을 부순다니요! 나는, 도무지, 그게 무슨 말인지…….

설마, 사람들이 손을 들까 싶었지요. 그런데 법환댁이, 조천댁이…….

세상에, 손을 들어버리는 게 아니겠어요?

이게 무슨 일일까요?

이 자리에서 십만 년도 더 산 할망인데, 우리보다도 훨씬 더 많은 세월을

산 할망인데, 그 몸을 부순다니요. 기가 막히게, 그 말들에, 찬성을 하는

사람들이 있다니요!

옛날에 그 끔찍한 일을 당해놓고도 우리는 여태 이 마을에서 할망들하고

살고 있었는데, 어쩌면 할망들 힘으로 우리가 인생을 살아가고 있는 건지

도 모르는데,

할망을 부셔버리면, 우리는, 나는…… 어찌 사나요. 할망들이 곧 우리 마을

인데,

할망들 몸에 우리 마을이 들어있는데,

할망 몸을 부셔버리면 마을이 쪼개지고 부수어지는 건데,

쪼개지고 바수어진 할망 위에서 어떻게…….

우리 아버지, 오빠들 다 할망들 품에서 쉬고 있는데,

무덤도 없는 죽은 몸들 받아준 게 할망들인데, 할망이 없어져버리면

죽은 사람들 다시 죽으라고요? 억울하게 죽어 혼도 다 새카말 텐데, 거기다

또 죽고, 죽어서 쉬지도 못하게 계속 죽으라고요?

…… 막을 수가 없었어요.

…… 막지 못했어요.

유식하고, 제복 맞춰 입은 분들이 하는 일들에 대해서,

내가 뭘 어찌 알겠어요.

그런데, 이건 아니라고 생각해요. 할망, 할망이 어디 보통 할망인가요? 우

리를, 우리가,

어떻게 살았는데, 그게 몇몇 사람들이 모여서 손 한 번 들은 일로다가 결정

되는 일이라면,

마을 하나 부서지는 일이 사람들 몇몇 모아다가

손 한 번 들게 하고 박수 한 번 치게 하면 끝나버리는 일이라면,

나는, 안 살라요. 그런 데선, 살 수가 없는 거 아니겠어요?

6.

구럼비가 이상해진다고 한다.

구럼비가 위험해진다고 한다.

엄마 목소리가 듣고 싶어 구럼비 바위에 갔다. 학교 끝나고 민지와 함께 숙제를 하기로 했는데, 그만 그것을 깜빡하고 내 마음 속에 엄마 목소리만 남겨두었다. 나도 왜 그랬는지는 잘 모르겠다. 그동안 씩씩한 척하느라 미처 보여주지 못했던 마음도 털어놓고 오래간만에 엄마 자장가 소리도 듣고 싶었다. 만약에 파도가 엄마 자장가를 데려오지 않는다면, 내가 구럼비에 가서 엄마에게 내 목소리를 남겨두고 올 테니 오늘 밤 꿈속으로 놀러 오라고 전하고 싶었다.

구럼비는 변하지 않았다.

전과 다르지 않아서, 오히려 달라 보이는 것 같은 구럼비였다.

그런데 구럼비를 파헤치고, 그곳에 해군기지를 세운다고 했다.

어른들의 일이라서 나와 내 친구들은 뭐라고 간섭할 수도 없고 의견을 낼 수도 없다. 그저 뭔가 불안한 일이 진행되고 있다는 것만 간신히 알 정도여서 사실 그게 더 불안했다.

마을에 해군기지가 들어오는 걸 반대하는 사람이 훨씬 더 많다고 했는데, 어떻게 구럼비를 파헤치고 해군기지를 세울 수가 있지? 반대와 찬성 사이에 의견이 충분히 모아지지도 않았는데 어떻게 그런 결정이 날 수가 있지? 내 머리로는 아무리 생각해도 도무지 이해가 되지 않았다.

학기 초가 되면 우리는 학교 꽃밭에 무엇을 심을지를 가지고 아주 오랫동안 학급 회의를 연다. 학교 꽃밭은 각 반마다 구간을 정해서 나누어져있고, 반 아이들이 꽃밭을 함께 가꾼다. 그런데 올해는 민철이와 승재가 우리 반의 꽃밭을 없애고 토끼를 기르자고 제안했다. 토끼를 길러서 새끼를 많이 낳으면 각자 집에 한 마리씩 데리고 가자는 거였다. 민철이의 제안을 좋아한 아이들도 있었지만 반대한 아이들이 훨씬 많았다. 토끼장은 학교 관사 옆에 이미 하나 있기도 하고, 꽃밭은 꽃밭으로 두는 게 좋다는 의견이 많았다. 민지도 당연히 그런 의견이었다. 나는 토끼가 조금 탐나기도 했지만 그래도 민지의 의견이 더 좋다고 생각했다. 꽃밭에 핀 꽃들을 보면 아주 기분이 좋아지기 때문이다. 꽃밭에 물을 주고 가꾸면서 민지와 더 많은 시간을 보낼 수도 있다.

처음에는 의견이 완전히 달라도 회의를 하면서 서로 이야기를 하다 보면 대부분 의견이 모아진다. 설마 어른들은 그런 학급 회의 방법을 모르는 걸까?

'민지야. 해군기지가 세워지는 것을 반대하는 사람이 훨씬 많은데도 해군기지가 세워진다는 것은 도대체 무슨 말인 걸까.'

아무리 생각해도 이해는 안 가고 마음속에 잔뜩 구름이 낀 것처럼 기분이 나빠져서 나는 민지에게 물어보고 싶었다. 영호에게도 물어보고 싶었다. 그런데 민지와 영호도 나만큼이나 머릿속이 복잡한 것 같았다.

약속한 것도 아닌데 우리는 한동안 구럼비에 가지 않았다.

학교가 끝나면 강정천과 구럼비에 가서 노는 것 대신 학교 운동장에 남아서 철봉에 매달리거나 정글짐을 하면서 놀았다.

구럼비에서 노는 것에 비하면 백배쯤 싱겁고, 초등학교 고학년이나 되어서 정글짐 같은 걸 하고 논다는 게 한심하게 느껴졌지만, 구럼비 이야기를 하면 왠지 기분이 축 처졌다.

구럼비에 정말로 나쁜 일이 생긴다면, 절대로 보고 싶지 않았다. 그래서 구럼비에 가는 것을 피하고 있는 것인지도 몰랐다.

아무튼 민지도 영호도 나도 약속이나 한 듯이 구럼비 이야기를 꺼내지 않게 되었다.

일주일이나 넘게 나는 구럼비에 가지 않으려고 노력해보았다. 꿈에

구럼비를 뛰어다니는 꿈을 꾸어도 꾹꾹 참았다. 꿈속에서 붉은발말똥
게가 내 발가락을 꽉 깨물었는데도 하나도 아프지도 않고 좋기만 했다.
꿈에서 갔다 왔으니까 진짜로는 가지 말아야겠다, 결심하고 토요일도
일요일도 꾹꾹 참았다.

그런데 결국, 가고 말았다.

아니, 가려고 했다.

"안 되겠다, 딱 한 번만 보고 와야지!"

나는 거울 앞에서 거수경례를 한번 해본 다음에 거울 속의 나에게 이
야기하듯이 큰 소리로 말해보았다.

"그래, 어서 가서 보고 와. 너는 구럼비를 지켜야 하는 해군이잖아!"

거울 속의 내가 거울 밖의 나에게 이렇게 말하는 것 같았다.

나는 구럼비 쪽으로 달려갔다.

구럼비에 가려했다.

그런데,

들어갈 수가 없었다.

신발을 벗어 들고 와다다다 뛰어들어가곤 하던 곳엔 모조리 철조망

이 칭칭 감겨있었다. 저 끝에서 이 끝까지 공중에 뾰족뾰족한 가시 덩굴로 벽을 만든 것처럼 무섭게 번쩍이는 철조망 저 너머에 구럼비가 펼쳐져있었다.

갑자기 이런 게 왜 생긴 걸까.

아무리 둘러봐도 내가 들어갈 수 있을 만한 틈이 보이지 않았다. 그때 철조망 사이사이 흰 천 위에 쓰인 붉은 글씨들이 보였다.

〈접근금지〉

뭐라는 거야, 대체!

불안해하던 일이 현실이 되고 있다는 생각이 들자 심장이 마구 뛰기 시작해서 나는 귀가 아팠다. 귓속이 터져나갈 것처럼 심장이 쿵쾅거렸다. 머릿속이 하얘지면서 딱 한마디 말만 계속 생각났다.

엄마가 저기 있는데!

언제부턴가 동네에 낯선 사람들이 많아졌다.

경찰 아저씨들도 엄청나게 많아졌다. 경찰 아저씨들과 웃으면서 담배를 피우는 아주 우락부락하고 무섭게 생긴 떡대 아저씨들도 많다. 그 아저씨들은 욕을 잘했고 '캬악!' 하고 가래침을 탁 뱉곤 했다. 나는 그럴 때마다 얼굴이 찡그려졌지만 티를 내지는 않았다. 그 아저씨들의 눈빛이 너무 무서웠기 때문이다.

하얀 수염을 기른 신부 할아버지도 나타났다. 수녀님들도 실제로는 처음 보았다. 가끔씩 스님들도 나타났다. 모두 낯선 사람들이었다. 집에 가는 길의 돌배나무 앞에서 만났던 형도 처음 보는 얼굴이었다. 형과 누나처럼 보이는 낯선 사람들을 처음 보았을 때는 봉사 활동을 온 대학생들인 줄 알았다. 힘들게 농사짓는 동네 할아버지들을 도와주려고 오는 대학생 형, 누나들을 몇 번 본 적이 있기 때문이다.

그런데 아무리 보아도 농사일을 도와주러 온 사람들 같지는 않았다. 농사일을 도와주려고 왔으면 농사일을 해야 할 텐데 그렇지 않았다. 커다란 종이 피켓을 들고 어디로 열심히 가고 있는 형들도 있고, 똑같은 옷을 입고 있는 아줌마와 아저씨들도 보였고, 민지처럼 머리가 긴 예쁜 누나들도 보였다. 노란 티셔츠를 입고 단체로 앉아있는 사람들도 있었는데, 노란색을 좋아하는 나는 그 티셔츠가 아주 마음에 들었다. 내가 입을 수 있는 작은 사이즈가 있으면 좋겠다는 생각을 하던 참에, 노란 티셔츠를 입은 한 누나가 내 쪽으로 걸어왔다. 앞에서 보니 티셔츠에는 글씨가 쓰여있었다.

〈구럼비를 죽이지 마라!〉

나는 가슴이 또 쿵, 내려앉는 것 같았다. 뭐야, 정말로 구럼비가 파괴

되는 거란 말야? 그럼 이 사람들은 구럼비를 지키기 위해 모였다는 건가? 그러고 보니 우리 동네 할머니 할아버지 아줌마 삼촌들도 많이 뒤섞여있었다. 그림 그리는 붓과 페인트 통을 들고 왔다 갔다 하는 사람도 있고, 카메라를 들고 중덕이와 백구를 찍어대는 사람들도 있었다. 군인 아저씨들의 얼굴만 집중적으로 찍는 사진작가라고 말해준 아저씨도 있었다.

내가 그 형에게 말을 건 것은 순전히 군인이라는 말 때문이었다.

"군대도 갔다 왔으니 그건 할 수 있지?"

"그럼요."

우연히 들은 그 대화 때문에 나는 가던 걸음을 멈췄다. 군대에 다녀왔다고? 그럼 군인이란 얘기인데. 어떻게 하면 해군이 될 수 있는지에 대해서 자세히 들을 수 있는 기회가 바로 눈앞에 생긴 것만 같았다.

구럼비가 위험한 상황이니 나는 어서 해군이 되어 구럼비를 지켜야겠다는 생각에 요 며칠 잠도 잘 자지 못했다. 일단은 해군에 들어가는 방법부터 알아야 한다.

나는 주뼛거리다가 용기를 내기로 했다.

"저기⋯⋯."

"응? 무슨 일이니?"

"혹시…… 군인이에요?"

"군인은 아니고 군인이었지."

아, 맞군! 나는 대번에 눈앞에 환해지는 것 같았지만, 별 거 아니라는 듯이 말을 이어나가야겠다고 생각했다. 그때 그 형이 입은 조끼에 쓰인 글씨가 보였다.

〈강정지킴이〉

강정은 우리 마을인데, 지킴이는 또 뭐지? 우리 마을을 지켜야 한다는 건가. 그 순간, '구럼비를 죽이지 마라'라고 쓰인 티셔츠 문구가 떠올랐다. 마을에 뭔가 문제가 생긴 게 틀림없는 거다. 그렇다면 내가 먼저 나서야 하는데!

"너 이 동네 아이구나? 무슨 할 말 있니? 형은 지금 저기 올라가봐야 하는데."

"네……. 네? 저기요?"

지킴이 형이 가리키는 곳에 요새 같은 것이 있었다. 학교 옥상보다도 훨씬 더 높아보였다. 저기 올라가서 보면 우리 동네가 전부 보일 것 같았다.

'언제 저런 게 생겼지?'

자세히 보니 그다지 튼튼해 보이진 않았다. 앙상한 뼈대만 있는 것이 조금 불안해 보이기도 했다. 그 불안한 곳에, 더 불안하게 놓인 앙상한 사다리가 보였다. 그런데 저기를 왜 올라가지?

"저건 망루야."

"그게 뭔데요?"

"망을 보려고 세운 거지."

나는 무슨 망을 본다는 건지 알 수 없었다. 누가 우리 마을에 쳐들어오기라도 하는 건가. 내가 묻기도 전에 지킴이 형은 망루 쪽으로 갔다. 나는 형을 따라갔다. 군대에 갔다 오면 망루에 올라가는 것쯤은 아무것도 아닌 모양이었다. 그렇게 생각하니 지킴이 형이 조금 멋있어 보였다.

지킴이 형은 사다리 앞에서 멈췄다. 가까이서 올려다보니 망루는 까마득했다.

"너도 같이 올라가 볼래?"

"저, 저도요?"

"응. 용기가 있다면 어려울 것도 없지."

형은 망루 꼭대기를 한 번 보곤 나를 바라봤다. 그게 마치 내가 용감한 사람인지 아닌지 가늠하고 있는 것처럼 보였다. 이 세상에 용감하지 않은 해군은 없을 것이다.

내가 사다리 위에 올라갈 결심을 하는 사이 형이 먼저 성큼, 사다리를 타기 시작했다.

"가, 같이 가요!"

나는 얼른 형을 따라 사다리를 오르기 시작했다. 되도록 아래를 보지 않으려고 애썼다. 위로 올라가는 형만 바라봤다. 민지와 영호도 내 뒤를 따라올 때 이런 기분이었을 거라고 생각하니 괜히 뿌듯한 마음이 들었다.

조금 무서웠지만 생각보다는 빨리 망루 위에 도착했다. 망루에 올라가서 몸을 꼿꼿하게 세우니 조금 어지러웠다.

"조심하고 거기에 앉아."

"아…… 네, 네."

바람이 부니 망루가 흔들리고 있는 것 같았다. 사실 머리카락이 조금 날릴 정도의 바람인데도 그렇게 느껴졌다. 다리가 후들거렸다. 그것을 형이 그대로 보고 있었다. 나는 아무렇지 않은 듯 앉으려고 했지만 생각처럼 되지 않았다. 아무래도 내가 겁내고 있는 걸 형에게 들킨 것 같았다.

"여자들도 여기 잘 올라오는데……."

"겁 하나도 안 나요."

"정말?"

그때 형이 망루 한쪽을 잡고 조금 흔들었다. 그 바람에 망루가 조금 기우는 것 같았다.

"으악!"

나는 형의 허리를 꽉 잡았다. 형은 호탕하게 웃더니 나를 자리에 앉혀주었다. 그 행동과 웃음은 군인처럼 씩씩한 구석이 있었다.

이래서야 무슨 해군이 된다고. 형이 내 꿈을 듣는다면 더 크게 웃을지도 몰랐다.

"여기 앉아서 저길 한번 봐."

그제야 망루 위에 펼쳐진 풍경이 눈에 들어왔다. 구럼비가 한눈에 보였다. 늘 구럼비 위에서만 놀았는데 이렇게 위에서 내려다보는 것은 처음이라서 엄청 신기했다. 구럼비는 아래에 있을 때보다 훨씬 더 커보였다. 아주아주 커다란 새가 날개를 양쪽으로 쫙 펴고 우리 마을을 안아주고 있는 것처럼 보이기도 했다. 저절로 탄성이 나왔다.

"그런데 형은 여기 왜 왔어요?"

"강정마을을 지키러 왔지. 지킴이라고 쓴 거 보이지?"

"우리 마을을 지켜요? 누가 우리 마을을 괴롭혀요?"

"해군기지로부터 지켜야지."

그 말을 하면서 형은 구럼비 쪽을 바라봤다. 해가 막 지고 있었다. 금빛 나는 햇빛이 구럼비에 닿아 반짝였다. 별들이 구럼비 위로 쏟아지며 내려앉은 것 같았다. 그 사이로 파도 소리가 희미하게 들렸다.

"해군기지가 생기면 좋은 거 아니에요?"

나는 아무 것도 모르는 사람처럼 형에게 물어봤다.

"꼭 필요하다면 이렇게 막무가내로 들어오면 안 되지. 여기 사는 사람들은 어쩌라고. 충분히 의견도 들어봐야지. 이렇게 사람들 괴롭히고 이간질시키면서 들어오면 안 되는 거 아니겠니?"

'이간질'이라는 말에 나는 잠깐 주춤했다. 정확한 뜻을 알 수는 없지만 대충 무슨 말인지는 알 것 같았다. 슈퍼 아줌마와 황씨 아저씨가 서로 얼굴을 붉히는 것도 아마 이간질 때문일 것이다. 그분들은 이전에는 엄청 사이가 좋았었다.

"해군기지가 생기면 일단 바다는 지킬 수 있잖아요."

"하지만 그거 때문에 싸움이 날 수도 있어. 너도 친구가 비비탄 총을 가지고 여기저기 겨누고 있으면 너한테 쏠지도 모르니까 괜히 불안하지?"

"네."

"그럴 땐 어떻게 해?"

"친구 총을 뺏거나 저도 장난감 총을 사면 되죠. 더 좋은 걸로!"

"응. 그거랑 비슷한 거야. 우리 중에 누가 진짜 총을 가지고 있다고 생각해봐. 그 사람은 다른 사람한테 쏠 생각 없이 그냥 자기를 지키려고 총을 가졌을 수도 있어. 만에 하나 있을지도 모르는 위험에 대비하려고. 그런데 총을 들고 있는 사람을 보면 주변 사람들은 불안해지거든. 그 총이 자기를 쏠 수도 있다고 생각하게 돼. 그러니 자기도 총을 가져야 한다고 생각하게 되지. 그러다 까딱 잘못하면 진짜로 서로 총을 겨누게 될 수도 있고."

좀 어려운 느낌도 들었지만, 뭔가 맞는 말 같았다. 내 얼굴이 너무 복잡해 보였는지 형이 웃으면서 내 머리를 쓰다듬어줬다.

"단순하게 생각해봐. 총이 있을 때랑 없을 때, 어느 쪽이 총싸움이 날 확률이 적어질까?"

"아…… 그거야, 당연히 없을 때죠."

형이 엄지손가락을 치켜세웠다. 해군이 되겠다는 내 말에 아빠와 고모가 엄지손가락을 치켜세워준 것처럼.

"해군기지도 그래. 정말 필요하다면 적절한 장소에 모두에게 양해를

구하고 만들어야지. 꼭 필요한지도 충분히 생각해봐야 하고."

형이 하는 말들이 이제 쉬워졌다. 금방 이해가 되는 말들이다.

"이렇게 아름다운 곳에 전쟁기지를 세우겠다니, 미친놈들!"

점잖게 말하다가 갑자기 형이 욕을 해서 나는 깜짝 놀랐다. 내가 놀란 것을 눈치 챘는지 형이 하하 웃었다.

"미안, 미안! 초딩 앞에서 욕하면 안 되는데. 하하. 너무 화가 나서……."

화가 난다는 형은 나를 보고 웃었다. 나는 왠지 형이 친하게 느껴졌다. 구럼비를 망가뜨리는 사람들에게 화를 내야 하는 것은 바로 나다. 그런데 형이 나 대신 화를 내주고 있는 것 같아서 약간 울컥했다.

"구럼비는 세상에서 단 하나뿐인 바위야. 그건 네가 더 잘 알겠지?"

형은 다시 구럼비 쪽을 바라봤다. 나는 고개를 끄덕거렸다. 나도 모르게 주먹이 꼭 쥐어지면서 힘이 들어갔다.

"형, 우리 모두가 힘을 모으면 구럼비를 지켜낼 수 있는 거죠? 저 철조망 때문에 구럼비에 못 들어가서 속상해 죽겠어요."

"응, 그럼. 이것 봐."

형이 '강정지킴이'라고 쓰여진 조끼 글씨를 손바닥으로 탁탁 치며 씩 웃었다.

분명 웃고 있는데, 왠지 나는 형의 표정이 슬프다고 느꼈다. 씩씩한 군인이었던 사람도 슬픈 얼굴을 할 때가 있다는 게 신기했다. 왜 그런지 물어보고 싶었지만 저녁 먹을 때가 다 되었다. 고모가 기다리고 있을 것이다.

"형 저 이제 내려가 볼게요."

"응 그래. 조심해서 내려가고. 또 보자."

사다리 밑을 보니 올라올 때보다 더 무서웠다. 그래도 정신을 바짝 차렸다. 마지막엔 형에게 용감한 모습을 보여주고 싶었다.

"그래도 여기까지 올라오고. 너 참 용감하구나."

"그쵸? 형 저 나중에 커서 해군이 될 거예요."

형은 아무 말이 없었다. 내가 사다리를 타고 내려갈 때까지 그냥 가만히 앉아만 있었다. 중간쯤 내려왔을 때 위에서 형의 목소리가 들렸다.

"멋진 해군이 되어서 구럼비를 지켜주렴."

"당연하죠!"

대답을 하면서 올려다보니 그제야 형은 웃고 있었다.

7.

"충⋯⋯."

집에 들어온 나는 거기까지 말하다가 아차, 했다.

고모랑 아빠는 이제 내가 거수경례를 해도 경례를 받아주지 않았다. 예전처럼 같이 웃으면서 '충성'이라고 해주지도 않았다.

예전에 엄지를 치켜세우고 해군이 될 수 있을 거라던 고모와 아빠의 목소리가 멀게만 느껴졌다.

이런 얘기를 엄마에게라도 하고 싶었다. 하지만 구럼비에도 들어갈 수 없으니 마음을 털어놓을 곳이 없었다. 그동안 쌓인 얘기가 많으니 다음에 구럼비에 가서는 하루 종일 있어야 할 것 같았다. 그러지 못해서, 마음이 쪼그라들었고 괜히 몸도 조금 아픈 것 같았다.

그때부터는 경례를 빼고 조그마한 목소리로 인사했다.

"학교 다녀왔습니다."

그래도 안에서 아무도 나오지 않았다.

혹시 너무 작은 목소리로 인사를 해서 그런 건가. 생각해보니 사나이가 이렇게 조그마한 목소리로 인사하는 건 어울리지 않았다. 충성은 빼더라도 우렁차게 인사하는 편이 나았다.

　목청을 가다듬고 다시 큰 소리로 인사했다. 인사를 다 마치지도 못하고 나는 귀를 막았다. 사이렌 소리가 요란하게 울렸기 때문이었다. 벌써 이번 주에만 세 번째였다.

　한 번 시작된 소리는 오랫동안 이어졌다. 개들은 짖어대기 시작했고 길을 가던 사람들도 그 소리에 멈춰 섰다. 그때 사람들은 거의 겁에 질린 표정으로 몸을 웅크렸다.

　사이렌 소리에도 고모는 나오지 않았다. 진짜 집 안에 없는 것 같았다. 비어있는 집에서 사이렌 소리를 듣고 있자니 조금 무섭기도 했다. 씩씩하게 집 안으로 들어가고 싶은데 발길이 떨어지지 않았다. 누가 봤다면 나를 겁쟁이라고 부를지도 몰랐다.

　사이렌 소리는 여전히 계속 되고 있었다.

　사이렌 소리가 들려올 때마다 나는 두 손으로 귀를 막고 얼굴을 두 무릎 사이에 묻어버렸다.

　언제부턴가 동네에 사이렌 소리가 심심찮게 들렸다. 그뿐만이 아니었다. 여러 대의 경찰차들이 요란하게 지나가는 소리도 자주 들을 수 있었다.

처음 사이렌 소리가 울렸을 때 친구들은 모두 비명을 질렀다. 나도 비명을 질렀지만 눈치 챈 친구는 없는 것 같았다. 다 같이 하나 되어 비명을 질렀으니 그럴 만도 했다. 선생님도 깜짝 놀라 소리를 질렀다. 아이들은 잠잠해졌지만 수업은 할 수 없었다. 선생님도 교탁 위에 가만히 서있을 뿐이었다.

그게 끝인 줄 알았는데 시작이었다.

사이렌 소리는 시도 때도 없었다. 급식을 먹을 때가 특히 고역이었다. 밥도 넘어가지 않고 억지로 먹는다고 해도 속이 불편했다. 몇 번 듣다 보면 익숙해질 줄 알았는데 아니었다. 여전히 귓속으로 날카로운 것이 파고들어 오는 것처럼 괴로웠다.

영호와 민지는 이번에도 귀를 막고 인상을 쓰고 있었다. 몇몇은 아예 미리 준비해둔 귀마개를 꺼내 쓰기도 했다.

"한별아 너 괜찮아?"

"응?"

사이렌 소리에 묻혀 영호의 목소리가 잘 들리지 않았다.

"너. 괜. 찮. 냐. 고."

그제야 나는 영호에게 대답해줄 수 있었다. 귀도 막지 않고 아무렇지 않은 것처럼 앉아있어서 묻는 것 같았다. 나는 해군이 되면 자주 들어야 하는 소리라고 생각하고 참던 중이었다.

"역시 한별이 대단해."

그 말을 듣고는 가슴을 활짝 펴고 똑바로 앉았다.

사실 겁나기는 마찬가지였다. 우리 동네에는 도둑도 없는데 누굴 잡으려고 이렇게 경찰차가 드나드는 걸까. 선생님은 수업 시간에 사이렌 소리는 위험할 때만 나오는 소리라고 했었다. 전쟁이 나거나 큰 사고가 일어났을 때를 예로 들어줬다.

그럼 지금은 무슨 상황일까.

선생님께 물어봐도 딱히 얘기해주는 게 없었다.

"아무 일도 아니니까 걱정하지 마세요."

선생님은 사이렌 소리가 멈추면 겨우 말했다. 하지만 아무 일도 아니라는 선생님의 표정은 꽤 심각해 보였다.

선생님도 사이렌 소리가 들리면 여전히 우리와 다를 게 없었다. 짜증 나는 얼굴로 귀를 막기도 했다가 아이들에게 소리도 질렀다가 우왕좌왕했다. 선생님도 사이렌 소리가 익숙해지지 않는 것 같았다. 거기에 경찰차 소리까지 들리는 날엔 아이들은 책상 밑으로 몸을 숙였다가 엎드렸다가 난리였다.

그러는 와중에 내가 제일 신경이 쓰이는 것은 물론 민지였다. 민지는 이젠 거의 울 것 같은 표정이었다. 하얗게 질린 데다가, 민지에게 저런 얼굴이 있었나 싶게 일그러져 있었다.

나는 민지가 언제나 웃을 수 있게 해주고 싶었다. 그러기 위해선 일단 사이렌 소리부터 없어져야 했다.

사이렌이 멈추자 민지가 내 책상으로 왔다. 혹시 사이렌 소리를 없애달라고 하려는 건가. 만약 그런 부탁이라면 나는 멋있게 들어줘야겠다고 생각했다. 하지만 어떻게 사이렌 소리를 없애야 할지는 막막했다.

"한별아……."

"응?"

"너 진짜 해군 될 거야? 아직도 그 생각 변함없는 거야?"

"당연하지."

혹시 민지가 사이렌 소리에 겁먹은 나를 본 건 아닐까. 그 생각을 하니 내 목소리에 힘이 잔뜩 들어갔다. 의자에서도 벌떡 일어났다.

"이래도?"

민지는 내가 사이렌 소리도 없애주지 못한다는 걸 얘기하는 걸까. 혹시 덜덜 떨면서 망루에 올라간 걸 봤나. 민지가 하는 얘기가 무슨 얘기인지 알 수 없었다.

마침 영호도 나와 민지를 번갈아가며 보고 있었다. 더 용감하게 말을 해야 민지가 나를 믿음직스럽게 봐줄 것 같았다.

"응! 그렇다니까."

"한별이 너…… 정말 실망이야."

민지가 숨을 한 번 크게 들이쉬었다가 내쉬고는 그렇게 말하고 자리로 돌아갔다. 민지의 얼굴은 하얗게 질려있었다. 구럼비에 해군기지가 생길지도 모른다는 얘기를 들었을 때와 비슷했다. 민지는 돌아가자마자 책상에 엎드렸다. 어깨가 들썩이는 걸 보니 우는 것 같았다. 민지를 웃게 해줘도 모자랄 판에 지금 내가 민지를 울린 건가.

민지가 갑자기 왜 그러는지 몰라서 영호를 쳐다봤다. 영호도 나를 힐끔거리더니 밖으로 나가버렸다.

할망, 할망, 우리 할망……!

저들이 하는 짓을 용서해주세요. 마을 사람들이 싸우는 것도,

이상한 사람들이 자꾸 할망 위로 올라서서 군홧발로 짓이기는 것도,

쇠못 쩡쩡 찍어대는 것도,

굴착기로 할망 몸에 구멍 쿵쿵 뚫어대는 것도,

구멍에 화약 집어넣어 쾅! 쾅! 할망을 터뜨리는 것도,

찢어발기는 것도, 집채만 한 시멘트 덩어리들 올려두는 것도,

할망에게 우리가 다가가는 것을 막아버린 저 철 대문도,

대문을 넘어서다 다친 사람들이 끌려 나가다 흘린 피도,

용서해주세요.

아니요, 용서하지 마세요.

사람들이 갈라졌어요.

할망에게 가려는 사람들과, 할망을 등진 사람들,

손을 든 사람들과 손을 들지 않은 사람들,

그 자리에 있었던 사람들과

그 자리에서 무슨 일이 일어났는지도 모르는 사람들,

형제가 갈라지고, 이웃이 서로의 얼굴을 지우고,

딴 나라 사람들처럼 되어버렸어요.

마을은 여전한데, 할망은 부서지는데,

사람들은 얼굴에서 표정을 지우고 있네요.

할망, 이리 된 것을, 용서하여주세요.

구렁할망, 냇길할망, 서낭당할망! 우리 마을을 굽어, 굽어살펴 주세요.

살펴주세요.

할망, 그런데 내 몸은 왜 이렇게 사방 오만 군데 안 아픈 데가 없는지

모르겠어요.

사방 군데 관절이 다 삐걱대고 살이 쫙쫙 갈라지고 내장을 끊는 것 같은데,

할망, 할망은 어떠신가요, 괜찮으…… 신 건가요?

괜찮아, 지실, 거에요!

아직은, 우리가, 옆에…… 있어요!

나도, 곧, 회복이 될 거에요.

내가 할망 옆에 있잖아요.

냇길할망, 서낭당할망, 우리 구렁할망을 살펴주세요.

…… 살려주세요.

8.

며칠 후, 아빠가 새로운 핸드폰을 사왔다.

예전에 아빠는 핸드폰 쓸 일이 별로 없다고 했었다. 좁은 동네에 다 아는 사람들인데 굳이 핸드폰 들고 다닐 일이 없다는 것이었다. 내가 핸드폰을 좀 만져보려고 하니 아빠는 못 만지게 했다. 그러곤 무뚝뚝한 목소리로 말했다.

"어른들 물건에 함부로 손대는 거 아니다. 너는 중학교 들어가면 하나 사줄게."

"사나이가 치사하게…… 알았어. 안 본 거야."

그러고 보니 요즘 아빠는 좀 이상했다. 제일 많이 변한 건, 잘 웃지 않는다는 거였다. 예전에 아빠는 내가 무슨 말을 하면 아주 작은 거에도 잘 웃었다. 그런데 이제는 그러지 않는다. 내가 무슨 잘못을 한 걸까. 아무리 생각해봐도 답이 나오지 않았다.

앨범에서 아빠 사진을 꺼내 봤다. 아빠는 예전에 내 사진을 보면 내가 얼마나 자랐는지 알 수 있다고 했다. 나는 이제 아빠 사진을 보면 예전에 아빠가 얼마나 잘 웃고 다정한 사람이었는지 알 수 있었다.

그리고 지금 얼마나 변해버렸는지도.

나만 빼고 모두 다 변해버린 것 같았다.

학교에서 돌아오니 낯선 음악 소리가 들렸다. 어디서 나는 건가 찾아보니 아빠 주머니에서 나는 소리였다. 주머니 안에는 핸드폰이 있었다.

"아빠?"

집에는 또 아무도 없는 것 같았다. 요즘 들어 집에 혼자 있을 때가 부쩍 많아졌다.

나는 아빠 바지 주머니에서 조심스럽게 핸드폰을 꺼냈다. 그 사이에도 벨소리는 끊이지 않았다. 모르는 번호가 찍혀있었다. 이걸 받아야하나 말아야 하나 망설이는 사이 전화는 뚝 끊어졌다.

다시 넣어두려다가 핸드폰을 좀 살펴보고 싶어졌다.

핸드폰 속에는 게임도 없고 딱히 흥미로운 게 없었다. 혹시 사진이라도 재밌는 게 있나 싶어서 화면 속 그림들을 꾹꾹 눌러보았다. 핸드폰 안에는 사진이 잔뜩 있었다. 무슨 사진을 이렇게 많이 찍어뒀나 싶어서 하나씩 살펴봤다.

처음에는 경찰 아저씨들이 뒤엉켜있는 사진이 나왔다. 어디서 찍은 건가 싶었는데 자세히 살펴보니 우리 동네였다. 뒤에 보이는 산이랑 바위를 보니 강정천 근처인 게 분명했다. 자주 놀러 다니던 곳인데도 사진으로 보니 낯설어 보였다. 그런데 강정천 근처가 그렇게 낯설어 보인 것은 단지 사진으로 봤기 때문만은 아니었다.

우리 동네에 언제 이렇게 경찰들이 많아졌지. 아빠의 사진들 속에는 사방이 경찰들투성이었다. 철조망에 둘러싸인 구럼비 사진도 있었다. 흰 수염을 가진 신부 할아버지가 철조망 속에 들어가 있어서 깜짝 놀라

화면을 더 키워보았다. 얼굴이 새까매진 신부 할아버지 뒤로 경찰들이 시커멓게 몰려있었다. 사진 속의 신부 할아버지는 사슴처럼 맑은 눈동자로 나를 보았다. 그 눈은 왠지 아주 많이 슬퍼 보였다.

몇 장 더 넘겨보니 경찰 아저씨들이 누군가를 잡아끌고 가는 모습과 바닥에 누운 사람들을 볼 수 있었다. 신발도 제대로 못 신고 나뒹구는 모습 위로 전경들이 보였다. 저벅거리는 군화 소리가 들리는 것만 같아서 나는 얼른 사진들을 몇 장 더 넘겼다.

낯익은 얼굴이 나왔다. 중국집 아저씨였다. 그런데 나를 응원해주면서 군만두를 줄 때와는 전혀 다른 표정이었다. 아마 경찰 아저씨가 중국집 아저씨를 잡아끌고 있기 때문인 것 같았다. 경찰이 아저씨를 잡아가려는 건가. 대체 왜?

다음 사진을 막 넘겨보려는데 핸드폰 위로 그림자가 생겼다. 내가 뒤를 돌아볼 틈도 없이 누군가 핸드폰을 홱 낚아챘다.

아빠였다.

"너 이 녀석! 아빠 물건에 손대지 말라고 했지?"

"아, 아…… 빠. 그게 아니라. 나는…….”

아빠는 화가 아주 많이 난 것 같았다. 버럭 소리를 지른 후 어깨를 들썩이면서 거칠게 숨을 쉬었다.

나는 사진에 대해서 물어보고 싶은 게 있었지만 물어볼 수 없었다.

예전에는 이럴 때 용기가 생겼는데 이제는 아니었다. 그래도 무슨 말이라도 해야 할 것 같았다.

"아빠 우리 동네에 무슨 일 있어?"

걱정스러운 내 얼굴을 보자 소리를 지른 게 미안했는지 아빠가 침착해진 목소리로 나에게 물었다.

"한별이 너 요즘 구럼비에 간 적 있어?"

"응? …… 요즘은 거의 못 갔지. 철조망이 있어서…….'"

"앞으로도 구럼비 근처엔 얼씬도 하지 마라. 알았지?"

"…… 왜?"

"아무튼 위험하니까 가지 마."

아빠는 어두운 얼굴로 한마디만 하고는 다시 점퍼를 입었다.

"아빠, 또 어디 가?"

아빠는 아무 대답도 하지 않고 조용히 문을 열고 나갔다.

나는 아빠의 등 뒤에서 한 번 더 큰 소리로 말해보았다.

"아빠!"

아빠는 여전히 대답이 없었다. 내 목소리가 안 들리는 사람처럼.

구럼비에 오랫동안 가지 못해서 엄마 목소리를 들은 지도 오래 되었는데, 이제 아빠 목소리마저 자주 듣지 못하게 될까 봐 나는 겁이 났다.

겁쟁이는 해군이 될 수 없는데…….

그런데 나는 이제 겁이 나는 것을 겁이 안 나는 척할 자신도 점점 없어져가는 것 같다.

내 방에 들어와서 책상 앞에 앉았다. 책상 스탠드 옆에 놓아둔 철인 28호가 나보고 겁쟁이라고 할 것 같아서 서랍을 열고 집어넣어 버렸다.

내가 부르는데도 대답도 안 해주고 다시 나가버린 아빠를 생각하니 갑자기 눈물이 날 것 같아서 나는 눈을 꼭 감았다.

…… 별이, 우리 별이!

별아, 별아, 어디 있는 게냐? 어디로 간 거냐?

별아!

할망,

할망 뭐라 말 좀 해보세요. 그리 가만 계시지만 말고

말 좀 해보세요!

이봐, 이봐 당신들!

여기가 어디라고 함부로 들어와서 지금 뭣들 하는 짓이야!

왜 내가, 이 구럼비 바위에 못 들어가느냔 말이다!

놔, 이거, 놔, 놓으란 말야! 너희들, 어디 함부로 바위를 쪼개는 거냐!

지금 무슨 짓을 하고 있느냐 말이다.

쪼개지 마라, 터뜨리지 마라, 바위에 아무것도 내려놓지 말란 말이다!

이놈들아아! 이 찢어 죽일 놈들아,

이 터져 죽을 놈들아,

이 더러운 손들아!

이 검은 발들아!

너희들이…… 여기가, 어딘 줄, 알고나 하는 짓이냐!

…… 할망, 몸이, 터졌네,

찢어졌네,

갈라졌네, 구멍났네,

너영, 나영-

할망을, 지켜주지 못해서, 미안해요.

미안해요, 할망. 내 몸도, 같이 뜯어지고, 찢어지고, 구멍 나고 있어요.

여기서 조금만 더 기어가면, 조금만 더 가면 할망에게 갈 수 있어요.

아프더라도, 조금만 참고 기다리세요. 할망, 할망에게로,

가고 있어요.

이제는 내가,

내가 지켜요, 할망……

너영 나영–

별아, 고모가,

간다아…….

너영 나영 두리둥실 놀고요

낮에 낮에나 밤에 밤에나 참사랑이로구나!

9.

민지가 전학을 간다고 한다.

반에서는 네 번째, 학교에서는 열일곱 번째로 전학을 가는 것이다.
서귀포시, 제주시, 서울, 광주, 부산……. 책이나 텔레비전에서 익숙하
게 들어오던 도시들이 마치 외국의 먼 나라들처럼 느껴졌다.

며칠 전, 민철이가 우리 반 화단 앞으로 나를 불렀다. 우리 반 아이들
이 꼬꼬대꽃이라 부르는 접시꽃이 좀 시들시들했다. 민철이가 나에게
화단에 물을 주자고 했다. 화단에 물 주는 것은 민철이가 좋아하는 일
이 아닌데……. 나는 웬일인가 싶어 갸우뚱했다.

우리는 커다란 청소용 주전자로 물을 두 번이나 날라서 화단에 주
었다. 주전자 손잡이를 민철이와 함께 잡고 나르니 하나도 무겁지 않았
다. 손잡이를 나란히 잡고 있는 민철이와 내 손이 왠지 멋지다는 생각
이 들었다. 주전자의 주둥이로 물이 좀 튀어서 내 발등에 떨어지자 민
철이가 주둥이 쪽을 자기 쪽으로 향하게 하는 게 느껴졌다. 나는 왠지
마음이 막 따뜻해져서 민철이를 바라보았다. 그러자 민철이가 씩 웃었

다. '사나이들의 우정' 이라는 말이 떠올라서, 나는 금요일까지 해야 하는 글짓기 숙제로 민철이와 함께 화단에 물을 준 이야기를 써야겠다고 막 생각한 참이었다.

"저기…… 한별아."

내가 보기엔 충분히 물을 준 것 같은데, 민철이가 한 번만 더 물을 나르자고 했다. 그제야 나는 민철이가 좀 이상하다고 생각했다. 화단에 물을 주는 일이 끝난 후에 민철이가 나에게 요요를 주었다. 서울에 사는 작은아빠가 선물해준 거라며 민철이가 엄청 자랑하던 그 요요였다. 그리고 딱지처럼 접은 쪽지를 주고는 먼저 막 뛰어갔다.

'만약에 학교를 옮기게 되더라도 계속 연락하자.'

민철이가 준 쪽지에는 그렇데 적혀있었다. 민철이의 생일날 민지가 선물해준 다섯 가지 색이 한꺼번에 나오는 색연필로 쓴 그 쪽지를 나는 화단 앞에 앉아서 오랫동안 들여다보았다. 나는 민철이의 은빛 메탈 요요를 만져서 가슴이 뛰는 것인지, 민철이가 전학을 간다고 해서 가슴이 아픈 것인지 알 수 없었다. 게다가, 민지까지 전학을 가다니!

민지는 점심도 굶은 채 울기만 했다. 나도 목이 울음으로 가득 차올라서 마구 아파왔지만, 침도 삼키지 못할 정도로 목이 눈물로 가득 찬 느낌이었지만, 참아내었다.

우는 민지를 보면서도 아무것도 할 수 없는 내가 싫었다. 민지의 등을 토닥토닥 해주고 싶었지만 그럴 수도 없었다. 민지가 내 손을 먼저 잡아주어야 하는데.

'자, 나만 따라와!' 우리가 함께 놀 때면 그렇게 말하면서 내가 먼저 손을 내밀기도 했지만, 나는 그냥 손만 내밀었을 뿐, 언제나 내 손을 잡아준 건 민지였다. 나는 민지의 눈물도 닦아주지 못하고 민지의 등을 바라보기만 했다.

선생님도 칠판에 글씨를 적다 말고 한숨을 쉬며 '오늘은 만화영화를 틀어주겠다'면서 교실에 있는 텔레비전을 켰다. 우리가 가끔씩 보곤 하는 철인28호였다. 우리 마을에도 철인28호가 나타난다면, 민지가 전학을 가지 않아도 되지 않을까? 구럼비 바위를 철인28호가 지킬 수 있지 않을까 하는 생각을 하다 보니 어느새 영화가 다 끝나있었다.

"승리는 항상 우리의 것. 힘을 내어라 무적의 힘을. 악의 무리도 문제없다 저 하늘을 날아서 저 은하별 끝까지. 평화를 위해 정의를 위해 나가 싸운다."

철인28호 주제가가 나오는 동안 나는 멍하니 텔레비전을 보면서 민지에게 노래를 불러주고 싶다는 생각을 했다.

'구럼 구럼 구럼비지!'

민지와 영호와 내가 구럼비에서 합창을 하던 부분이 떠올랐다.

나는 고모의 노래를 기억해보려고 했다.

"달리 구럼비겠니. 구럼 구럼 구럼비니까.

저기 한라산에서부터 흘러 흘러 흘러온

귀하디귀한 샘물이 사시사철 샘솟아

우리네 목 축여주고 우리네 한 씻겨주고

모드락 모드락 모여 사는 우리네 삶 기특타!

한라산 할망 냇길할망 서낭당할망

사람아 사람아 귀하게 여겨주는

우리 할망들 마음이 늘 거기 샘솟으니

풀도 자라고 꽃도 피고 우리네 사랑도 피고

그러니 구럼 구럼 구럼비지. 달리 구럼비겠니."

갑자기 고모의 목소리로 노래가 듣고 싶다는 생각이 들었다. 고모도 목이 눈물로 가득 찬 느낌이 들어서 그렇게 자주 노래를 하는 게 아닐까.

그런 생각이 들자 온몸에서 힘이 다 빠져나가는 것 같았다. 뭔가 너무 엉망진창이다. 어디에서부터 잘못이 시작된 걸까.

나도 민지처럼 책상에 엎드려 그만 엉엉 울고 싶다는 생각이 들었다.

사나이는 함부로 울면 안 된다고 했는데…….

내가 정말 못난 사람처럼 느껴졌다. 민지 하나 제대로 지켜주지 못하면서 가족은 어떻게 지키고 구럼비는 어떻게 지킨다고! 그동안 힘자랑을 하고 민지를 보호해주겠다고 용감하게 나서던 때를 생각하니 자라처럼 목이 몸속으로 쑥 들어와버렸다. 갑자기 민지에게 너무나 미안한 마음이 들었다.

"…… 미안해! 민지야. 근데, 전학 안 가면 안 돼?"

내가 민지에게 미안하다고 말하는 순간에 영호가 울면서 큰 소리로 말했다.

"민지야, 전학 가지 마라, 엉?"

영호가 울기 시작하자, 참았던 내 눈에도 결국 눈물이 고이기 시작했다.

"미안해, 민지야…….

우리가 울자 민지는 더 크게 울었다.

"가기 싫어! 나도 가기 싫단 말야!"

나라에서 나온 돈을 받고 집과 땅을 팔아버렸다는 2학년 상준이네가 이사를 갈 때도 나는 울지 않았다. 상준이는 나처럼 엄마가 없어서 아빠와 할머니와 사는 아이였던 까닭에 나는 상준이를 마치 내 친동생처럼 여기던 참이었다.

그때도 꾹 참은 눈물인데 한번 눈물이 터지자 그쳐지지가 않았다.

다음 날 민지는 나에게 꽃 그림이 그려진 손수건을 주었다.

내가 너무 많이 울어서 손수건을 준 거라고 생각하니 어쩐지 부끄러웠다.

"한별아, 나 꼭 기억해야 해."

민지가 말하자 다시 눈물이 흐를 것 같아서 나는 눈을 아주 크게 뜨고 깜빡거려 보았다. 언제부터 나는 이렇게 울보가 되었을까. 민지에게 용감한 모습을 보여줘야 하는데……. 스스로 생각해도 한심한 것 같았다.

민지의 손수건에서는 좋은 냄새가 났다. 정말 슬픈 건 민지일 텐데…… 라는 생각이 들자 나는 정신이 번쩍 들었다.

"민지야, 미안해……."

내가 말하자 민지가 손수건을 쥔 내 손을 두 손으로 꼭 감싸주었다.

"아니야, 한별아. 나는 정말 여기 있고 싶은데. 떠나서…… 내가 미안해."

나는 민지의 손수건을 주머니 속 깊이 고이 넣었다.

그리고 앞으로는 어떤 일이 있어도 울지 않겠다고 다짐했다.

지킴이 형은 마을이 조각나고 있다고 했다. 아니, 아예 쫙 갈라져가고 있는 것 같다고 했다. 갈라지고 찢겨가는 구럼비처럼 마을 사람들의 마음이 조각나서 갈라지고 있다고 했다. 어려운 말이긴 했지만 어렴풋하게 짐작할 수 있는 말이었다.

지킴이 형의 말을 듣고 보니 정말로 마을 어른들의 얼굴이 조금씩 달라져있었다. 서로 아는 척을 하지 않고 지나가기도 하고, 막걸리에 잔뜩 취해서 흥분한 채 함께 마시던 사람에게 큰 소리로 싸움을 거는 모습도 보였다. 대낮이었고, 나는 학교에서 집으로 돌아오던 길이었다. 밭에서 새참으로 막걸리를 마시는 것 같았는데, 부연 먼지가 잔뜩 내려앉은 감귤밭에서 아저씨 두 분이서 멱살을 잡고 있는 것을 보았다. 찬성과 반대 그리고 보상금이라는 말이 내가 있는 쪽으로 들려왔고, 말끝에 욕설도 따라왔다. 예전 같으면 상상도 할 수 없는 광경이었다.

구럼비가 없어질 수 있다는 생각을 해보지 못했기 때문에 나와 친구들을 비롯해서 마을 어른들도 모두 당황하고 있는 것이 아닐까, 하는 생각이 들기도 했다. 늘 오가며 놀고 쉬고 이야기꽃을 피우던 구럼비, 거기는 일테면 아주아주 커다란 마을 회관 같은 곳인데, 그런 곳이 갑자기 폭파되어 없어진다고 하자 다들 너무 당황을 해서 허둥거리다가 서로 성을 내고 있는 게 아닐까.

거짓말처럼 모두들 허둥댔다. 허둥대며 이사를 갔고, 허둥대며 편을

갈랐다. 해군이 마을 사람들 사이를 구럼비에 쳐진 철조망과 철로 된 벽과 대문처럼 단단하게 갈라버렸고, 사람들은 그때부터 싸우기 시작했다. 싸움의 대상은 '나라'와 '해군'이라고 했다.

구럼비는 조금씩 깨져나가기 시작했다. 구럼비에 쇠목을 땅땅 박고, 굴착기로 부수어가는 소리들이 온 마을에 퍼져나갔다. 바다에서 들려오는 소리는 오로지 파도 소리뿐이었는데 이제는 구럼비가 부서지는 소리가 파도 소리를 먹어버렸다. 해안을 온통 뒤덮어버린 소리들이 점점 더 우는 소리로 변해가는 것만 같은 착각이 들었다.

아빠가 해군 아저씨들과 싸우느라 밤에도 집에 돌아오지 않는 날들이 생겨났고, 고모가 빨래를 해주지 않아서 어제 입었던 옷을 오늘도 입고 학교에 가는 날들이 많아졌다. 라면을 끓이다가 뜨거운 물에 손을 데이기도 했다. 라면쯤이야 눈 감고도 끓였는데, 물 끓는 소리에 내 울음소리를 숨겨두느라 정신을 놓고 있던 탓이었다.

내가 라면을 먹는 사이에도, 구럼비 바위는 깨져가고 있었다. 엄마의 목소리도, 아빠와 엄마의 추억들도 산산이 깨어지는 중이었다. 배가 고픈데도 라면이 잘 넘어가지 않았다.

학교 선생님도, 아빠도, 절대로 구럼비 바위 쪽으로 가지 말라고 했다.

구럼비에 마지막으로 가봤던 게 언제인지 까마득했다. 오늘따라 구럼비 깨는 소리가 더 크게 들리는 것 같았다. 실제로는 구럼비 바위를 깨기 전에 그 근처를 먼저 깨고 있는 것이라 했지만, 우리에겐 다 마찬가지였다. 대체 얼마나 망가뜨리고 있는 건지 궁금해서 참을 수가 없었다. 오늘만큼은 구럼비 바위를 보고 와야 속이 시원할 것 같았다. 아빠도 구럼비를 위해 싸우느라 집에 들어오지도 못하는데, 내가 어떻게 가만히 학교만 다닐 수 있어!

지킴이 형을 따라 망루에 올라갔을 때 본 구럼비가 떠올랐다. 마을 전체를 덮고도 남을 만한 그 넓고 넓은 바위를 어떻게 깨부순다는 거지? 나는 아무래도 직접 보지 않고서는 그것을 '인정'하기가 어려웠다. 그래서, 그리로 갔다.

구럼비가 있는 곳마다 철로 된 펜스를 쳐두니, 마을 전체가 '펜스'안에 갇혀버린 느낌이었다. 아무리 껑충 뛰어봐도 안쪽이 보이지 않았다. 가끔씩 바람이 펜스 아래쪽에 사납게 부딪혔다. 그럴 땐 펜스가 조금씩 흔들리는 것 같다는 생각도 들었다.

"바람아, 조금만 더 불어서 이 벽을 넘어뜨려줘라."

나도 모르게 바람에게 이렇게 말하고 나자 피식 웃음이 났다.

'좌우당간 할망, 할망들, 해님 달님 비님 바람님, 우리 한별이 그저

건강하게 지켜주시고…….'

이야기에 몰두하다가 고모가 가끔씩 그렇게 타령을 할 때면 나는 내심 해님 달님한테 비는 거야 그렇다 쳐도 비님, 바람님은 너무 심한 것 아니냐고 생각하곤 했었다. 그런데 어느 틈에 내가 바람에게 부탁을 하고 있는 거 아닌가. 고모 식으로 말하자면, 비님 바람님 모두 우당탕탕 우레레레 쏟아져서 펜스 따위 싹 쓸어가 버렸으면 좋겠다고 생각했다. 나는 목소리를 큼큼 다듬은 다음에 정식으로 말해보았다.

"비님, 바람님, 우당탕탕 우레레레 쏟아져서 이것들 좀 싹 걷어가 주세요."

목소리가 너무 조그맣게 나온 것 같아서 조금 더 큰 목소리로 한번 더 말해보았다.

하늘은 맑고 바람은 조용했다.

쳇! 나는 펜스를 오른 발로 쾅 걷어차고는 냅다 달리기 시작했다.

도대체 무엇을 해야만 이 펜스가 걷히고, 다시 예전처럼 우리 가족과 친구들이 돌아올 수 있는 걸까.

달린 지 얼마 안 되어 멈추었다.

스무 발자국마다 해군들이 지키고 있었는데, 해군들은 누군가 다가

오는 것을 보고 긴장한 얼굴을 했다가 그것이 어린아이인 줄 알게 된 다음부터는 그냥 귀찮은 표정으로 나를 바라보았다. 그런데 해군 제복을 입은 이 사람들, 솔직히 나보다 키만 조금 더 컸지 별로 늙은 얼굴들이 아니었다. 기껏해야 지킴이 형 나이 또래쯤 되었을까? 그러면 '형'이라고 부르면서 잠깐만 구럼비에 다녀오겠다고 허락을 맡으면 안 되는 걸까?

하지만 실제로 '형'이라고 부르기도 전에, 나는 펜스 주변에 가까이 갔다는 이유만으로 해군 두 명에게서 험한 소리를 들었다. 군인들이 뱉은 무서운 단어가 내 가슴속에 들어왔다. 결론은, 나는 절대로 이곳에 들어가지 못한다는 것이었는데 그 순간 나도 모르게 줄줄 눈물을 흘리고 있었다. 그때 마침 이쪽을 지나가던 지킴이 형과 마을 어른들이 해군에게 혼나서 울고 있는 나를 보고는 큰 소리로 해군들을 혼냈다. 해군 둘이 허리에 차고 있던 무전기로 누군가를 불렀고, 지킴이 형들과 어른들은 각자 주머니에서 휴대폰을 꺼내 들고 내 모습을 찍고, 서로를 향해 욕설을 내뱉었다. 나는 그냥 구럼비 바위에 한번 들어가보고 싶었던 것뿐이었다. 왜 이렇게 싸우고 있는 건지 알 수 없었다. 그 사이에 끼인 나는 뭘 해야 할지 막막하기만 했다.

내 장래 희망이 해군이었던 것은 구럼비 바위와 우리 마을을 지키기 위해서였다. 고모가 물질하다 쉬는 곳, 처녀와 총각이던 아빠와 엄마가 '사랑의 말'들을 깊게 새겨둔 곳, 내가 엄마를 만날 수 있는 유일한 곳.

펜스에 틈새가 있으면 거기로라도 구럼비를 보고 싶었지만 헛수고였다. 나는 '미래 해군의 이미지' 따위는 생각지도 못한 채, 그냥 거리에 서서 정말로 '어린아이'처럼 엉엉 울었다. 그런데 눈 속의 눈물 너머로 펜스 위의 까만 새 한 마리가 나를 바라보고 있는 것이 보였다.

좀 더 가까이 가보니 새가 아니란 것을 알 수 있었다. 그건 카메라였다. 눈물이 눈을 가려버린 탓에 흐릿하게 형체만 보이던 그것은, 펜스 위에 달아둔 카메라였다. 그때 검은 카메라의 렌즈 위에서 반짝, 하고 빨간 불이 깜빡거리기 시작했다. 펜스 위에 새처럼 앉아서 여태껏 내가 하는 것들과 지금 어른들이 해군들과 싸우는 것을 고스란히 찍고 있었다는 것 아닌가?

마음속에서 참을 수 없이 화가 솟구쳤다.

어른들이 서로 싸우는 것도 이렇게 화가 나서일까.

나는 발밑에 보이는 납작한 돌을 집어 들었다. 이대로 울고만 있기엔 뭔가 너무 억울하다는 생각이 들었다. 마음속이 새카맣게 타버릴 것 같은 이런 마음을 지킴이 형은 '분노'라고 표현한 걸까.

'정의롭지 못한 일에는 분노해야 해. 그렇지 않으면 정의는 지켜지지 않아.'

그때 나는 지킴이 형의 말이 멋있다고 생각했지만, 정의나 분노라는 말은 어딘지 이해하기 어려운 말이었다. 정의라는 말은 그래도 괜찮았다. 코난도 철인28호도 정의를 위해 싸운다, 내가 되고 싶었던 해군도 정의를 위해 싸운다, 나에게 정의는 구럼비를 지키는 것이다. 정의는 우리에게 꼭 필요한 좋은 것이다.

그런데 분노는 좀 어려웠다. 화가 아주 많이 나는 것이 분노라고 했지만, 분노라는 말은 뭔가 좀 더 어른스러운 마음인 것 같았다. 화가 나는 것보다 훨씬 더 슬픈 무언가가 '분노'라는 말에는 있는 것 같았다. 그런데 바로 그 순간, 마음이 새카맣게 타버릴 것 같은 이런 마음이 바로 분노가 아닐까, 나는 생각했다.

나는 손바닥에 꼭 쥐었던 돌을 잽싸게 카메라를 향해 집어던졌다.

나를 감시하면서 찍고 있던 카메라의 빨간 눈이 퍽, 깨지는 상상을 하면서.

그런데 내가 던진 돌은 펜스 맨 위까지도 날아가지 못하고 땅으로 툭, 떨어졌다.

뒤쪽에서 고함이 들려왔다. 내가 카메라에 돌을 던지는 것을 보고

해군들이 달려오는 것이 보였다. 나는 있는 힘껏 집 쪽으로 뛰기 시작
했다.

심장이 쿵쿵, 울렸다.

나는 더 재빠르게 뛰었다. 카메라가 다시 검은 새가 되어 내 몸을 잡
아 뜯는 것 같은 느낌이 들었다.

목까지 숨이 차올라도 나는 뛰었다. 해군들이 모두 다 나를 향해 몰
려오는 것만 같았다.

땅이 쿵쿵, 올렸다. 나는 점점 더 펜스에서 멀어지고 있었다.

그제야 나는 뛰는 것을 멈추었다. 멈추었는데도 땅이 퉁퉁 울려왔다.
땅만 울리고 있는 것이 아니었다. 하늘이 울고, 산이 떨리고, 내 몸 전
체가 부르르, 떨려왔다. 나는 무릎이 아파 주저앉아 있던 고모처럼 그
만 풀썩, 그 자리에 주저앉아 버렸다.

구럼비가 깨지기 시작하는 소리였다.

나를 쫓아오던 해군들이 구럼비가 깨지는 것을 막으려고 달려가는
마을 어른들을 저지하는 사이에 이미 나의 존재는 새카맣게 잊어버린
것 같았다. 펜스를 지나 구럼비로 다가가려는 마을 어른들과 지킴이 형

누나들이 해군들과 한데 뭉쳐 몸싸움을 벌이고 있었다. 누군가 비명을 질렀고, 누군가는 해군들에게 빙 둘러싸인 채 하늘 높이 들려 올라갔다가 땅으로 내팽개쳐졌다. 어느 순간 신부 할아버지의 모습도 보였다.

그러는 와중에도 구럼비가 깨지고 있었다.

십만 년 되었다는 구럼비가 갈라지고, 쪼개지고, 폭파되며 산산이 부서지는 소리가 마을 전체를 뒤덮었다. 구럼비 깨지는 소리에 마을 어른들이 가슴을 움켜쥐었고, 나는 귀를 막았다. 그리고 그 모든 소리를 잡아먹기라도 할 것 같은 기세로 펜스 곳곳에 달려있는 스피커에서 해군들의 노래가 흘러나왔다.

점심 먹은 것이 소화가 제대로 되지 않았는지, 나는 어지럽고 속이 메슥거렸다. 가슴을 퉁퉁 쳤다. 공기 속에서 화약 냄새가 났다. 먼지들이 풀썩거렸다. 전쟁이라도 난 것 같았다. 머리가 깨질 것처럼 아팠다.

"해군기지 결사반대! 해군기지 결사반대!"

"구럼비를 살려내라!"

"죽이지 마라, 이놈들아! 거기가 그냥 바윗덩어리가 아니다! 우리 마을이야! 우리네 살아온 역사야! 내 가슴이야, 이놈들아! 여기 이 산 가슴이라고!"

울부짖는 아주머니의 목소리에 주변의 사람들이 울음을 터뜨렸다.

"경허지 말아게. 하늘이영 땅이영 바당에 죄지서져이. 경허지 말아게. 60년 넘은 그 죄를 따시 짓젠햄쪄. 총구녕 댕 죽여불젠햄서 쏙대밭 맹그는 거허고 뭐시가 틀리니게. 경헌짓 허고 뭐시 틀려. 무사 몰라게 느네들 무사 몰람시냐⋯⋯."*

눈물 흘리는 사람들 틈에서 머리가 하얗게 센 할머니가 가슴을 퉁퉁 쳤다.

와글거리는 온갖 소리들이 구럼비 주변을 펜스처럼 둘러쌌다.

주저앉아있던 나는 조금 전의 마을 아저씨처럼 갑자기 하늘 높이 들어 올려졌다. 아빠였다.

"이 녀석아, 여긴 왜 나와서 이러고 있어!"

"아⋯⋯!"

"얼른 집에 들어가 있어. 아빠 곧 갈게!"

아빠는 나를 한적한 곳까지 들어 옮겨다 놓은 후에 다시 온갖 소리들이 엉켜있는 곳으로 다급히 뛰어갔다.

---

*"그러지들 마소. 하늘에 땅에 바다에 죄짓는 일이네. 그러지들 마소. 60년 전 그 죄를 또 짓는 일이네. 총부리 겨누어서 죽으라고 쑥대밭 만드는 그런 짓하고 하나도 안 다르네. 왜 모르능가. 당신들⋯⋯ 왜 모르능가⋯⋯."

그러는 동안에도 구럼비가 깨지는 소리가 내 귓속을 날카롭게 파고
들었다.

꿈속으로들 찾아오신 건가요.

구렁할망 맞지요?

저분은, 냇길할망?

그럼 저쪽에 오시는 분은

서낭당할망인가 보네요.

그런데, 꿈은 꿈인데,

왜 다른 사람들도 와있는 건가요.

할망들, 내가 지금 어디 서있는 것인가요?

그런데, 할망들 얼굴이 어디서 많이 보던 분들 같아요.

우리 별이 얼굴도 있고, 별이 엄마 아빠 얼굴도 지나가고,

같이 물질하는 해녀들도 보이고……

할망들은 언제부터 거기 그러고 계셨던 건가요?

나는, 이제 다되었나 보네요.

몸도 아프고, 이제는 소리도 제대로 안 들리는데, 그런데,

구렁할망, 이제 괜찮아요? 괜찮아진 건가요?

구렁할망, 왼쪽 팔이, 어떻게 된…… 건가요?

오른쪽 발목은 또, 어디……?

그, 그런데 할망 팔 떨어진 자리, 발 있던 자리,

매달려있는 게, 우리…… 아, 아버지?

오, 오오오오오빠! 아니 거기 왜, 그러고 있어요?

거기 그러고 있으면 할망들이 아프잖아요.

오빠들도 쉴 수 없잖아요.

이리, 이쪽으로 내려와요. 오빠 내가 받아줄게요.

아버지, 이제 내가 아버지를 품어줄게요.

할망, 구렁할망!

이제 우리는 어디로 가지요?

혹시, 이대로, 이대로도 괜찮다면

우리가 같이, 여기를 지킬 수 있다면,

그래도 한 번만 더 여기, 이렇게 앉아볼까요?

할망, 가지 마요 할망!

할망, 그리로 가면 안 돼요! 어서 다시 이리로 와주세요.

제발, 떠나지 말아주세요!

할망…… 우리가, 아니 할망이 가버리면 우리는 어째요.

남은 사람들, 아니 우리 별이는 어째요! 할망,

할망, 가지 마요. 내가, 여기서, 한 발자국도 안 움직이고

우리 오빠, 아버지 다 품고, 여기서 버틸 테니

할망, 가지 마세요.

이리 오세요, 나에게 오세요.

어디도, 가지 마요, 할망, 할망!

10.

나는 이틀 동안 집에 누워 고모가 끓여주는 죽을 먹다가 간신히 일어나 학교에 갔다.

그 사이 민지가 떠났고, 나는 '구럼비와 마을을 지키는 사람'이 되는 것으로 꿈을 바꾸었다. 예전에는 구럼비와 마을을 지키는 게 당연히 해군인 줄 알았다. 그래서 해군이 되겠다고 생각했던 거였다.

그런데 세상엔 내가 알지 못하는 일이 너무나 많은 것 같다. 여전히 나는 너무나 혼란스럽다. 학교 컴퓨터실에서 우리 마을에 관한 기사들을 찾아보았다. 찾아볼수록 점점 더 혼란스러워서 더 이상 찾아보는 것도 포기했다.

우리나라와 마을 사람들을 지키는 것이 군인인 줄 알았는데, 군인들이 바로 이 제주도에서 마을 사람들을 아주 많이 죽인 적이 있다고 했다. 아주 옛날 일이기는 하지만, 그런 무서운 일이 실제로 일어났다는 것은 엄청난 충격이었다. 마을 사람들에게 의견을 물어보지도 않고 무조건 해군기지를 짓겠다고 결정해버리고는 마을 사람들의 땅을 빼앗고 있다는 것도 너무나 충격이었다. 그리고 무엇보다도 이런 일들을 '우리

나라'가 하고 있다는 것이 제일로 충격이었다. 나는 도대체 이해되지가 않았다. 우리나라가 민주주의 나라라는 건 6학년이 되기도 전에 이미 다 배우는 것이다. 그런데 민주주의 나라에서 어떻게 이런 일이 일어나는 것인지 나는 정말 이해가 안 되었다. 우리 마을에 해군기지를 지어 놓으면 그게 우리나라 기지가 아니라 미군 기지라는 주장을 하는 기사도 보았다. 미국이 중국하고 싸울 때 사용할 해군기지가 필요해서 우리나라에 군사기지를 짓는 거라고 하는 내용이었는데, 정말 그렇다면 '우리나라' 대통령은 도대체 뭐 하는 사람인 걸까. 우리나라 군인들은? 머릿속이 복잡해서 터질 것만 같다.

볼이 홀쭉해진 내 얼굴을 보고 놀라서 내 쪽으로 다가온 영호에게 가장 먼저 그 마음을 털어놓았다. 영호도 혼란스럽다고 했다. 그리고 영호 역시 나와 비슷한 꿈을 꾸고 있었다. 엊그제 구럼비가 깨져나가는 소리를 들은 다음부터 친구들은 마을을 지키겠다는 생각을 하기 시작한 모양이었다.

어떻게 마을을 지킬 수 있는지 지금 당장은 별다른 방법이 떠오르지 않았다.

담임선생님께서는 우리가 마을을 지키기 위해서 해야 할 일은 공부를 열심히 해서 훌륭한 사람이 되는 일이라고 했다. 그것 말고 내가 할 수 있는 건 없는 걸까. 당장 구럼비가 폭파되고 어른들이 다치는데 나중에 훌륭한 사람이 된다는 게 다 무슨 소용인가? 훌륭한 사람이 되는 동안 이미 구럼비는 다 깨져있을 텐데. 구럼비가 깨지는데도 아무런 도움도 못 되고, 깨진 구럼비조차 만져볼 수 없는 내가 답답하기만 했다.

하굣길에는 오래간만에 영호와 함께 집으로 걸어왔다. 늘 민지가 서 있던 자리가 텅 비어있었지만 나는 민지의 몫까지 내가 해야 한다고 생각했다. 민지 생각을 하니, 구럼비에 사는 똥게, 맹꽁이, 산호, 층층고랭이가 떠올랐다. 할망물도 돌고래도 떠올랐다. '어떻게 해! 저 애들을 어떻게 해!' 발을 동동 구르며 안타까워하던 민지가 떠오르자 민지가 이사 간 곳으로 전화를 해볼까 하는 생각이 들었다. 민지 목소리가 너무나 듣고 싶었다.

민지가 담임선생님에게 이사 간 곳의 전화번호를 알려왔다고 아침 조회 시간에 선생님이 말씀하셨을 때, 나와 영호는 모두 민지의 전화번호를 적어두었다. 하지만 전화를 하면 민지는 또 눈물을 뚝뚝 흘리면서 울 것이다. 우리가 구럼비를 지켜내지 못하는 한 민지에게 전화를 걸 수 없다는 걸 나도 영호도 잘 알고 있다. 어떻게든 구럼비를 지켜야만 하겠다는 다짐을 하고 또 하다 보니 어느새 저녁이 되어버렸다.

아빠가 들어왔다 나갔는지 집에는 더러워진 옷가지들이 수북하게 세탁기 앞에 쌓여있었다. 티셔츠 하나를 들고 냄새를 맡아보았다. 아빠의 땀냄새가 물씬 풍겨왔다. 나는 세탁기를 돌리지 않고 손빨래를 하기 시작했다. 빨래를 하면서 영호와 함께 나누었던 대화를 다시 떠올려보았다.

"영호 네 부모님은 찬성하셨어?"

"그럴 리 있냐. 당연히 반대지."

"한별아 네 아빠는?"

"당연히 반대지."

구럼비 앞에서 본 아빠 얼굴이 생각났다.

"그럼 찬성하는 사람들은 누구지? 왜 찬성한다는 거야."

영호가 묻자 깃발이 보였다. 집집마다 반대하는 깃발이 이렇게나 많은데. 찬성하는 사람들은 다 어디에 있는지 모르겠다. 왜 찬성하는 건지도 알 수 없었다.

"어?"

영호가 가던 길을 멈췄다. 중국집 앞이었다.

"왜? 또 자장면 먹고 싶어?"

"그게 아니라…… 문을 닫았어."

그러고 보니 정말 문이 닫혀있었다. 그걸 보니 민지와 함께 중국집에서 자장면 먹던 날이 떠올랐다.

"무슨 사정이 있나 보지."

다시 걸음을 옮기려는데 그 앞에서 서성거리는 사람이 보였다. 조끼를 보니 누군지 금방 알 수 있었다. 지킴이 형이었다.

"형!"

내가 손을 흔들자 건너편에 있던 형도 같이 손을 흔들었다. 영호는 지킴이 형과 나를 번갈아 살펴보며 어리둥절해하는 것 같았다. 내가 설명할 틈도 없이 지킴이 형이 우리 쪽으로 건너왔다.

"형도 자장면 먹으러 왔어요?"

"응. 근데 문을 닫았네."

그때 정류장 쪽에서 낯익은 목소리가 들렸다. 정류장에는 아주머니 두 분이 나란히 앉아 버스를 기다리고 계셨다. 그중 한 분은 우리 집 근처에 사셨다.

"한별아 거기 한동안 문 못 열거다."

"왜요?"

"경찰이 잡아갔거든."

"아니 어쩌다 잡혀갔대."

"구럼비 부수지 말라고 시위를 했다가 끌려간 것 같아."

"세상에…… 그러게 왜 괜한 짓을 해서 험한 꼴을 당하나 몰라."

아주머니 두 분이 대화를 이어가는 사이 지킴이 형이 나를 앞질러 정류장 쪽으로 갔다. 나와 영호도 형을 따라갔다.

"저, 말씀 좀 묻겠습니다. 이 마을에 해군기지가 생기는 게 필요한 일일까요?"

아주머니들 대화에 끼어든 지킴이 형은 조금 흥분한 것처럼 보였는데, 목소리는 뜻밖에 차분했다. 나와 영호는 손을 꼭 잡고 지킴이 형을 바라봤다.

"해군기지 생기면 좋은 거 아냐? 나라 지키는 안보 문제도 있고 지역 경제도 발전될 텐데. 우리 강정도 발전 좀 해야지. 그런데 청년은 누군데?"

찬성하는 아주머니는 지킴이 형을 보며 눈을 흘겼다.

"그건 강정이 발전하는 일이 아닙니다. 오히려 반대죠. 평화를 위해선 군사기지를 세워야 하는 게 아니라 없애야 하는 겁니다. 제주도에 해군기지를 짓겠다는 건 중국, 러시아 같은 강대국을 견제하기 위해서 미국이 필요해서 짓는 것일 뿐이에요. 대한민국을 위해서 짓는 게 아니란 말입니다."

"무슨 소리야, 이 청년! 젊은 사람들은 전쟁을 안 겪어봐서 이렇게 배부른 소리나 하지. 우리나라는 미국이 보호해주는 나라라서 안전한 거야. 미국이 있으니 우리가 이 정도 사는 거지. 든든하고. 그러니 미국이 사용 좀 하면 어때?"

지킴이 형의 얼굴이 벌겋게 달아올라서 영호와 나는 잡은 손에 힘을 주었다. 걸핏하면 싸우는 어른들처럼 또 싸움이 날까 봐 싫었다.

"군사기지가 생겨서 경제가 발전된다는 근거는 도대체 뭘까요? 군부대 생기면 제일 먼저 들어서는 게 뭔지 아세요? 창……."

여기까지 말하다가 형은 나와 영호를 보더니 말을 뚝 끊었다. 그러고는 큰 숨을 몰아서 들이쉬더니 다시 침착하게 말했다.

"군인들 먹고 쓰는 거 조달하고 그런 게 과연 지역 경제 활성화일까요? 이 아름다운 마을이 한순간에 사라지고 군함, 탱크, 군용 트럭, 무기들이 드나들고 미군들이 드나들고 그러는 게 과연……."

지킴이 형의 목소리가 잠기는 것 같더니 목소리가 갈라져서 나왔다. 형의 목소리와 얼굴에는 안타까운 표정이 가득했다. 그런 형의 얼굴을 보자 나는 또 눈물이 날 것 같았다. 형은 우리 마을 사람도 아닌데 저렇게 안타까워하는데, 나는 여태 뭘 하고 있었나 싶어서 미안했다. 눈물을 꾹 참았다. 용기 있는 사나이는커녕 자꾸 울보가 되어가는 것 같아서 창피했다. 아주머니는 뭐라 대꾸할 말을 찾고 있었다.

"무엇보다 말이지요. 해군기지가 생긴다고 해서 강정마을에 도움 될 게 없어요. 그렇게 좋은 거면 서로 의논해서 공개적으로 할 일이지 이렇게 쉬쉬하면서 자꾸 말 바꾸고…… 몰래 진행할 필요 있겠어요?"

"그건…….'

"해군기지가 생기면 제주도는 평화의 섬이 아니라 전쟁터가 될 수도 있습니다!"

전쟁터라는 얘기에 아주머니 두 분의 표정이 순식간에 싸늘해졌다.

나는 망루 위에서 들었던 형 말이 떠올랐다. 총으로 지키는 게 평화가 아니라, 아무도 총을 갖지 않는 것이 평화라고 했던 것 같다.

어느 새 영호는 지킴이 형 곁에 바짝 붙어있었다.

"그런데 국가 안보가 뭐예요?"

"우리가 다른 나라의 침략으로부터 안전하다는 거지."

"그럼 해군기지가 필요한 거예요?"

"아니야. 오히려 해군기지가 있으면 다른 나라가 우리를 더 견제하게 된단다. 마치 다른 나라를 위협하는 것처럼 보일 수 있으니까. 게다가 해군기지는 미국이 다른 나라를 견제하려고 제주도에 세우는 거야. 그럼 여차하는 순간에 모두 제주도에 모여 싸우게 돼. 그러니까 더더욱 해군기지를 반대해야 하는 거야."

영호는 울상을 짓고 있었다.

"그럼 이렇게 구럼비를 깰 필요가 없는 거네요?"

"당연하지."

찬성하던 아주머니는 아무 말 없이 건너편 중국집을 바라봤다. 아주머니도 뭔가 복잡한 얼굴이었지만 지킴이 형을 곱게 보지 않는 시선은 여전한 것 같았다.

나는 아빠 핸드폰에서 본 사진이 떠올랐다. 중국집 아저씨의 표정이 머릿속에 그려졌다. 그때 자장면을 먹으면서 내가 해군이 되어 지켜준다고 했었는데.

반대하는 사람들을 저렇게 다 잡아가는 걸까. 그래서 동네엔 해군기지를 찬성하는 사람만 남겨두려는 걸까. 자세히는 모르지만 뭔가 무시무시한 일이 벌어지고 있는 게 틀림없었다.

확실한 것은 해군기지가 생기는 바람에 소중한 사람들이 내 곁을 떠나고 있다는 것이다.

감귤밭에 가도 아빠는 보이지 않았다.

이맘때면 여기서 일하고 있어야 하는데……. 오늘도 구럼비 앞에 있는 건가.

감귤밭은 엉망이었다. 풀들이 감귤나무 밑둥을 죄다 뒤덮어버렸고 스프링클러는 녹슨 채 몇 개가 쯧쯧거리면서 힘없이 돌아가고 있을 뿐이었다. 여기저기 흩어져있는 양동이들 몇 개엔 흙탕물이 담겨있었다. 감귤밭을 지키던 백구도 보이지 않았다.

지금 와서 돌본다고 해도 감귤은 제대로 크지 않을 것이다. 그런 감귤은 별이라고 할 수 없을 것 같았다. 이런 감귤밭을 봤다면 엄마는 내 이름도 다르게 지었을 것이다. 감귤밭이 이렇게 되도록 내팽개쳐둔 아빠를 원망할 수도 없었다. 그래도 막상 생기를 잃은 귤나무들을 보니 괜히 내 기운이 쭉쭉 빠져나가는 것만 같았다.

뒤돌아가면서 한번 더 돌아봤지만 보이는 거라곤 여기저기 찢긴 비닐하우스뿐이었다.

그리고 보니 옆에 있는 밭도 뒤에 있는 밭도 비슷했다. 바짝 말라있고 이파리도 많이 떨어져있었다. 제대로 된 비닐하우스는 거의 찾아볼 수 없었다.

마을 어른들은 일을 손에서 놓아버렸다. 감귤밭에서 일을 하다가, 백합 꽃밭에서 일을 하다가, 식당에서 일을 하다가도 마을 회관에서 집회 방송이 나오면 우르르 몰려갔다. 어른들이 모여있는 곳에선 어디나 심각한 이야기들이 오갔다. 어른들의 한숨 소리는 점점 깊어졌다. '경찰' '조직' '용역'이라는 말과 '집회' '벌금' '조서' '연행'이라는 말이 자주 오갔다. 용역, 조서, 연행, 집회…… 이런 말들의 뜻을 사전에서 찾아보니 어른들의 심각한 표정을 조금 이해할 수 있었다. 그제야 어른들의 얘기도 더 잘 들을 수 있었다. 구럼비에 모여 소라와 전복, 생선을 구워 먹으며 이야기꽃을 피우던 어른들은 이제 고스란히 마을 회관에 모여 구럼비를 지켜야 한다는 이야기를 하고 있었다.

며칠 후 학교가 끝나고 집으로 돌아왔을 때였다.

방 밖에 아빠의 운동화가 아무렇게나 던져져있는 것이 보였다. 흙투성이에다가 아무렇게나 꺾어 신어버려 여기저기가 구겨진 운동화였다.

내가 아빠를 부르기도 전에 방에서 목소리가 먼저 들렸다.

"그거 빼앗기면 우리는 어떻게 되는 거냐? 무슨 말이라도 좀 해봐라."

"뺏기긴 누가요. 누구 맘대로 그걸 가져가요."

"그래도 그쪽에서 그렇게 말하는 거면……."

"그러니까 더 넋 놓고 있을 수 없죠. 받은 절대 안 돼요."

"무슨 뾰족한 수라도 있는 거니?"

"방법이 하나 있긴 한데……."

"무슨?"

나는 방 안으로 들어가지 못하고 있었다. 고모와 아빠가 하는 얘기가 좀 이상했기 때문이다.

우리 아빠 밭인데 누가 그걸 빼앗는다는 거지.

밖에서도 들릴 만큼 한숨 소리가 새어 나왔다. 혹시 그것 때문인가.

나는 방문을 벌컥 열었다. 아빠와 고모는 동시에 나를 바라봤다.

"누가 밭을 빼앗아요? 누가?"

"한별아……."

"해군기지 때문에요? 그게 생기느라 우리 밭도 빼앗는다고요?"

아빠와 고모는 방바닥만 보고 있을 뿐 말이 없었다. 나라를 지키고 마을을 발전시킨다는 말로 이곳에 들어오려는 해군들이 기지를 세우기 위해 우리가 가진 모든 것들을 빼앗으려 들었다. 이미 많은 주민들이 연행이 되어서 범죄자가 되었는데, 어마어마한 벌금 폭탄이 떨어지고 있다는데, 친구들도 대부분 전학을 갔고 아빠 감귤밭도 구럼비를 폭파하는 공사 먼지로 뒤덮여 죽어가고 있는데. 대체 더 얼마나 많은 것을 잃어야 하는 걸까.

"너……."

아빠는 한동안 말이 없었다. 나를 한 번 바라봤다가 고모를 힐끔거리고 이내 방바닥에 시선을 고정시켰다. 무슨 얘기를 하려고 하는 거지. 해군이 되지 말라고 하면 당연히 그럴 작정이었다.

고모는 아빠를 빤히 쳐다보고 있었다. 아까 아빠가 말하던 방법이라는 게 뭔지 궁금한 것 같았다.

"…… 전학…… 갈래?"

"전학요?"

나는 뭐라고 대답해야 할지 몰라 고모를 쳐다봤다. 고모는 아빠를 보고 있지만 아빠는 다시 방바닥만 보고 있었다.

"애가 지금 무슨 소리를 하는 거야?"

"언제까지 이러고 있을 수 없잖아요. 차라리 떠나는 게……."

"설마…… 기껏 생각한다는 게…… 아무리 힘들어도……."

"애 엄마한테 별이 잘 키운다고 약속했어요. 지금 이 상황에서는 잘 키울 수 없어요. 돈 받고 그걸로 딴 데 나가서 장사라도 하는 게 낫잖아요."

"아무리 그래도 그렇지!"

"저도 많이 생각했어요. 그런데 나라에서 하는 일이…… 우리 같은 사람들 형편 살피면서 의견 들어주는 그런 게 아닌 거 같아요. 당해보니 알겠어요. 저도 처음엔 그래도 주민한테 이렇게까지 막무가내일까 싶었는데…… 누나도 봐서 알잖아요. 마을 어르신들…… 백발 성성한 노인네들을 60명 넘게 무더기로 경찰서에 집어넣는 놈들이에요…… 도무지 말이 통하는 상대가 아닌 것 같다고요."

아빠의 한숨에 방바닥이 꺼지는 것 같았다. 처음엔 아빠를 나무라던 고모도 아빠의 심정을 이해하는지 아빠 손을 잡고 조금만 더 참아보자 했다.

"잘 해결될 거다. 나는 그렇게 믿어. 설마 세월이 얼마나 흘렀는데, 여전히 그 옛날 그 무섭던 시절 같겠어? 대명천지 민주주의 나라에서 그렇게 함부로 옛날처럼 그러겠어?"

아빠는 대답이 없었다. 아빠의 어깨가 작고 초라해 보였다. 아빠의 한숨 소리가 구럼비에 부딪히는 파도 소리 같다고 생각되었다. 고모는 아빠에게 힘을 주고 싶은 모양이지만, 아빠가 판단하는 현실은 고모의 마음과 같지 않은 것이 분명했다. 나도 아빠에게 힘을 전해주고 싶지만, 나에게는 아무런 힘이 없다. 나는 두 주먹만 꼭 쥔 채 가만히 아빠의 등을 바라보다가 내 방에 들어왔다.

나도 민지처럼 전학을 가야 하는 것일까? 하지만 이렇게 떠난다고 해서 아빠와 나의 생활이 좋아질까? 과연 구럼비를 떠나서 살 수 있을까? 엄마 목소리가 아직 남아있을지도 모르는데, 그럼 고모는 어떡하지? 감귤밭을 떠나면 아빠는 어느 밭에 가서 일을 하지?

나는 책상 서랍에서 보물상자를 꺼냈다. 태극마크 요요, 철인28호, 민철이가 주고 간 요요, 그리고 민지의 손수건…… 나는 내 보물들을 가만히 내려다보기만 했다. 한때는 신나고 재미난 추억이 있었던 것들도 있는데 지금은 모두 슬픈 보물들이 된 것 같다. '슬픈 보물' 이라는 말을 생각하고 나니, 마음이 왠지 더 무거웠다. 나는 민지의 손수건을 꺼내서 눈에 대보았다. 또 눈물이 날 것 같다. 아, 나는 정말로 울보 한 별이가 되어버렸는가 보다.

아까 지킴이 형이 마을 회관 앞에서 다른 형들과 하던 이야기가 떠올랐다. 지킴이 형과 누나들은 '호소문' 이란 걸 쓰느라고 자료를 정리하고 있다고 했다. 나는 '호소'라는 말에 왠지 마음이 울컥했다. 내가 4학년 때 자연보호 웅변대회에 나가서 은상을 탔을 때가 기억났다.

"우리 모두의 행복을 위해서 자연을 잘 보호해야 한다고 이 소년, 여러분께 호소합니다!"

그때 나는 오른손과 왼손을 손바닥이 보이게 차례로 앞으로 펼치면서 '호소합니다!'라고 연단에서 외쳤는데, 내가 한 말이었지만 왠지 마음이 뿌듯했었다. 고모와 아빠가 자랑스럽게 박수를 치던 얼굴도 떠올랐다. 어린이에게 왜 그런 상품을 주었는지는 모르지만 '농협 상품권'이 부상으로 나와서 고모에게 드렸던 기억도 났다. 그게 얼마짜리였더라?

아무튼 나는 '호소'라는 말 때문에 그 호소문의 자료들이 몹시 궁금했다. 어려운 말이 너무 많아서 나는 공책에 잘 이해가 안 가는 부분들을 따로 적어 왔다. 우리 마을과 구럼비를 지키기로 마음먹은 이상, 나도 뭔가 적극적으로 알아야 하지 않겠는가 싶었기 때문이다. 중국집 앞에서 지킴이 형이 해군기지를 찬성하는 아줌마에게 설명해줬듯이, 나도 내 친구들에게 우리 마을을 잘 지키기 위해서 뭔가 설명해주고 싶었다. 우리 마을의 일을 나보다 더 자세히 알고 있는 지킴이 형 누나들에게 고맙기도 했지만 미안한 생각이 들기도 했기 때문이다.

〈마을에 투입한 진압 전문 육지 기동경찰이 지금껏 만 명에 이른다. 연행자는 오백 명이 넘고, 구속영장이 발부돼 감옥에 간 양심수만도 30명이다. 손해배상 청구액 3억 원 이상, 주민과 활동가, 성직자들에게 떨어진 벌금 폭탄도 2억 원. 제주 경찰청의 강정마을 후원계좌 표적 수사로 현재 후원이 끊겨 '마을 회관을 팔아야겠다.'라는 우스갯소리도 나오고 있다. 참으로 해괴한 국책사업이다. 시행하는 방법도 해괴하기 짝이 없다. 괴물이 된 국가 권력이 이 해괴한 해군기지 사업을 국민의 '세

금으로' 집행하고 있다. 제주 강정마을에서 대체 무슨 일이 있었던 건지 국회의 국정조사가 필요하지 않겠는가.〉

거기까지 옮겨 적다가 나는 지쳐서 공책을 덮고 말았는데, 다시 읽어봐도 역시 무슨 말인지 모르는 대목투성이였다. 분명히 이해한 것은 '마을 회관을 팔아야겠다.'는 말이었는데 다행히 이 말은 우스갯소리라고 하니 진짜 파는 것은 아닐 것이다. 구럼비가 폭파되고 있는데 마을 회관까지 팔면 정말 끝장나는 것 아니겠는가.

나는 가슴이 답답해서 다시 막 울고 싶어졌다.

그때 민지의 목소리가 떠올랐다.

"이름을 불러주면 찾을 수 있어."

나는 책상에 엎드렸다. 그리고 가만히 이름을 불렀다.

"구럼비야⋯⋯!"

11.

언제부턴가 고모는 일주일에 두어 번씩만 왔다. 그나마도 와서 청소를 해주거나 반찬을 만들어놓는 것은 아니었다. 힘없이 주저앉아 하늘만 바라보고 있는 게 전부였다. 그래도 고모는 물질 만큼은 매일 하는 눈치였다. 물질을 하고 와선 멍하니 앉아 그대로 저녁을 맞이할 때도 잦았다. 구럼비 위에 올라가서 쉬지 못하니 잠을 잘 때도 몸과 마음이 피곤하다고 했다. 여기, 여기가 아프다고 하며 손으로 몸 곳곳을 짚어보였다.

혹시 우리가 이사를 가버릴까 걱정이 되어서 고모가 더 편찮으신 게 아닐까?

구럼비가 깨지기 시작하면서부터, 할망물이 누렇게 황톳물로 변해가면서, 돌고래 떼도 구럼비 근처로는 다가오지 않는다고 했다. 보석보다도 더 아름답다는 연산호 군락도 구럼비 쪽에서 흘러나오는 황톳물을 고스란히 받아내고 있다고 했다.

고모는 물질을 하러 들어가 바닷속에서 바라봐야 하는 그 모습들이 세상에서 가장 싫다고 했다. 그 아름다운 풍경들이 없어져가는 것이,

관절염 걸린 무릎처럼 아프게 느껴진다고 했다.

게다가 고모는 이제 나에게 이야기를 해주지 않았다. 고모의 이야기
가 없으니 집이 텅 빈 것처럼 허전했다. 모든 게 다 변하고 사라지니 고
모의 얘기만이라도 그대로 있어줬으면 싶었다.

"고모 오늘은 얘기해줄 거지? 물고기들이 어떻게 알을 낳는지 얘기
해준다고 했잖아."

"다음에. 고모가 오늘은 너무 피곤하구나."

"오늘도 피곤해? 피곤해도 해줘. 응? 듣고 싶어."

"한별아. 고모가 정말 힘들어서 그래. 너무 힘들어서……."

그때 밖에서 사이렌 소리와 경찰차 소리가 한꺼번에 들렸다. 이번엔
집 근처인 것 같았다. 이 소리가 들릴 때마다 울상을 짓던 민지가 떠올
랐다. 민지는 잘 있을까. 구럼비를 지켜 예전처럼 살려내면 다시 강정
마을로 돌아올까. 사이렌 소리도 경찰차 소리도 모두 사라지면 떠났던
친구들이 다시 구럼비로 돌아올까. 그래서 우리는 예전처럼 구럼비에
서 놀 수 있을까.

"고모는 해군기지 찬성이야?"

"한별아 그게 무슨 소리야. 당연히 아니지."

"그럼 혹시 아빠는 찬성하는 거야? 그래서 여기를 떠나 이사 가자는

거야?"

"아니다. 아빠가 힘들어서 그냥 해본 소리야. 구럼비 지키는 일이 너무 힘들어서 해본 소리야."

"그런데 우리 동네 사람들이 다 찬성했다고 하던데."

"잘못된 거야. 사람 몇 명 모아놓고 반대 있느냐, 없으면 결정이다, 박수 치고 그렇게 결정해버린 거지."

고모가 갑자기 가슴을 꾹 눌렀다. 그러다 답답하다는 듯이 가슴을 주먹으로 쿵쿵 쳤다. 그 소리에 내 가슴까지 아파왔다. 고모 얼굴이 벌겋게 달아올랐다. 곧 거친 숨을 몰아쉬었다. 잠수를 한 것도 아닌데 고모는 숨비소리를 냈다.

고모는 나를 꽉 안았다. 이러다간 고모마저도 구럼비처럼 깨져 나갈까 봐, 고모가 없으면 안 되니까, 나도 엄청난 힘으로 고모를 안았다. 사이렌 소리가 들리지 않도록, 지금 이 순간만큼은 아무 소리도 듣지 못하게 꽉 안았다.

숨소리가 잠잠해지자 고모가 가래 끓는 목소리를 냈다. 나는 고모를 더 힘들게 할 것 같아서 아무것도 묻지 않았다. 고모를 안은 채로 가만히 듣고만 있었다.

구럼비가 깨져나가고 마을 사람들이 편을 나눠 눈을 흘기니 고모가 아픈 걸까. 구럼비에 앉아 쉬지도 못하고 함께 어울리던 마을 사람들 중 찬성하는 사람과는 등을 돌려야 하니 그럴 만도 할 것 같았다. 그런데 도무지 내가 할 수 있는 일들이 떠오르지 않았다. 내가 커서 구럼비와 마을을 지키기도 전에 모두 사라지는 건 아닐지 겁이 났다.

"한별아…… 바닷속에 들어가면 말이지…… 단단한 바위도 아주 보드라워…… 그 위에 돋아난 풀들도 그 위로 누우면 푹신할 것만 같지. 하늘하늘 움직이는 게…… 꼭 오라고 손짓하는 것만 같아."

고모가 다시 이야기를 시작했다. 힘이 빠져서 무슨 말을 하는지 알아들으려면 고모에게 더 바짝 다가가 앉아야 했다. 고모는 그런 내 얼굴을 두 손으로 쓸어주었다.

"더 깊이 가면 어두워…… 햇빛이 거기까지 닿지 않거든. 그런데 그게 더 아름다워 보일 때가 있어. 보일 듯이 말 듯이 언뜻 치맛자락 같은 것도 보이고……."

사이렌 소리는 여전했다. 고모는 이야기를 하면 할수록 힘이 생겨나는 듯했다. 아니 어쩌면 자신의 이야기를 방해하고 있는 사이렌 소리를 이겨내려고 나에게 이야기를 하고 있는지도 모를 일이었다.

"한별아…… 구럼비에 가면 좋으냐? 뭐가 그리도 좋아?"

"친구들이랑 자주 놀았던 곳이잖아. 운동장보다 훨씬 좋아. 바닷바람도 상쾌하고 맨발로 걸어도 되고. 파도 소리도 듣기 좋아. 똥게들도 예쁘고."

"그리고 또?"

고모는 뭔가 아는 것처럼 나지막하게 말했다.

"그리고……."

"…… 응."

"거기 가면 엄마를…… 만날 수 있으니까. 자장가도 들을 수 있으니까……."

그때 눈에 힘이 풀렸다. 꾹 참고 있었는데 눈물이 떨어질 것만 같았다. 고모에게 씩씩한 모습을 보여줘야 하는데 눈물을 보이기 싫었다. 나는 고개를 돌렸다.

"우리 강아지 그랬구나. 하긴 네 아빠랑 고모도 거기서 그러면서 자랐단다. 맨발로 걸으면서 자랐는데…… 구럼비는 그런 곳인데…… 우리가 그렇게 자란 곳인데…… 그런 곳을 없앤다는데 거기에 찬성할 사람이 어디 있겠니."

"고모 걱정하지 마. 내가 구럼비에 다시 들어갈 수 있게 해줄게."

"그래…… 우리 한별이…… 고모가 미안하다."

그때 기척도 없이 방문이 벌컥 열렸다.

온몸이 흙투성이인 아빠가 들어왔다.

"구름비에서 한별이 엄마도 만나고, 떠나보낸 것도 구름비였는데……."

밖에서 우리 이야기를 듣고 있었는지 아빠의 눈이 붉었다.

"여기서 도망치면 앞으로 계속 도망만 다닐지도 모르겠다. 구름비가 그렇게 쉽게 떠날 수 있는 게 아닌데. 아빠 생각이 짧았다. 아빠 같은 사람이 많아지면 진짜 구름비는 없어질 거야. 우리라도 구름비를 떠나지 말자."

"정말?"

"그래. 지키자. 우리가."

"그럼 이사 안 가도 되는 거야?"

"그러자. 여기서 다 같이 평생 살자."

그 말을 하면서 아빠가 나를 안았다. 예전의 아빠로 돌아온 것만 같았다. 고모도 갑자기 더 기운이 샘솟는 얼굴을 했다.

모두 다 사라지기 전에 지킬 것이다.

그리고 떠난 친구들도 다시 강정마을로 부를 것이다. 그땐 내가 지켜 낸 구름비를 자랑스럽게 보여줘야겠다.

마음은 벌써 구름비 안에 있었다.

냇길이소로 가는 길은 생각보다 훨씬 험했다.

고모가 해준 말은 거짓말이 아니었다. 용감한 사람만이 올 수 있다는 말도 이해할 수 있었다. 고모의 말이 맞다면 냇길이소가 소원을 들어준다는 말도 맞을 것이다.

냇길이소에 가면 소원을 빌 수 있다는 고모의 말이 떠올랐을 때, 사실 나는 좀 망설였다. 냇길이소가 진짜로 소원을 들어줄까? 집으로 오는 길에 영호는 어딜 가냐고 꼬치꼬치 캐물었다. 냇길이소에 소원을 빌러 간다고 하면 유치하다고 생각할까 봐 둘러댔다.

무엇부터 빌어야 하지? 아빠? 고모? 아니, 엄마 목소리? 돌고래 떼? 아니, 구럼비 바위? 소원을 빌어야 할 것들이 한두 개가 아니었다. 그런데 내 소원을 다 들어주려면 엄청나게 큰 힘이 필요할 텐데, 냇길이소가 과연 구럼비 바위처럼 크고 힘이 센 곳일까?

아무튼 할 수 있는 건 다 해봐야지 싶었다.

구럼비가 더 깨지기 전에. 아빠가 더 다치기 전에. 고모가 더 깊이 잠수해서 병에 걸리기 전에.

그리고 엄마를 더 이상 볼 수 없게 되기 전에.

바닥이 울퉁불퉁해서 걸을 때마다 정신을 바짝 차려야 했다. 냇길이

소로 가는 길이 따로 없는 듯했다. 자그마한 표지판이 하나 있었는데 마구 자라난 덩굴식물들이 잎을 늘여 표지판을 가려버리고 있었다. 계속 손을 휘저으며 나뭇잎들을 치우고, 앞으로 나아갔다. 나뭇가지가 흔들리면서 서로 부딪히는 소리가 가득 울렸다. 앞이 안 보이니 자꾸 휘청거렸다. 그러다 옆이 낭떠러지라는 말이 퍼뜩 떠올랐다.

머리 위로 뭔가 쓱 지나가는 것 같아 올려다보면 고모의 말처럼 하늘이 보이지 않았다. 빼곡하게 채운 이파리들만 보일 뿐이었다. 조금 무서운 생각도 들었지만 다시 마음을 가다듬었다. 정말 무서운 건 냇길이소에 혼자 가는 게 아니라 구럼비가 사라지는 일이니까.

팔뚝은 이미 여기저기 긁힌 자국으로 가득했다. 얼마나 더 가야 나오는지 모르겠다. 하긴 용감한 사람만이 올 수 있는 곳이라면 이 정도는 되어야지. 그래도 혹시 길을 잘못 들은 건가 싶을 때쯤 냇길이소가 나왔다.

넓게 펼쳐진 구럼비 바위를 직각으로 세워놓은 듯한 모습이었다. 바위는 맑고 푸른 물을 한가득 머금고 있었다. 고모의 말 그대로, 또 다른 구럼비 바위가 그곳에 있었다. 물 가까이로 다가갔다. 오래간만에 만난 할망물이었다. 나는 얼른 손을 담갔다. 온몸을 담가보고 싶었지만 우선 손을 씻고 나는 소원을 빌어야 하는 임무가 있었기 때문에 내 생각에만 빠져 있을 수가 없었다.

맑은 물 위에 내 얼굴이 떠있었다. 그 위로 사진으로만 본 엄마가 지나갔고, 고모와 아빠 그리고 민지, 영호가 차례대로 나타났다. 나는 그 모두를 위한 소원을 빌어주었다. 제일 마지막으로는 구럼비 바위에 대한 소원을 빌었다.

"구럼비를 살려주세요. 거기서 다시 엄마를 만날 수 있게 해주세요. 아빠가 다시 감귤 농사를 짓고 고모와 함께 매일 저녁 같이 밥 먹을 수 있게 해주세요. 떠난 친구들도 모두 돌아올 수 있게 해주세요."

그 소원을 비는 데는 조금 오랜 시간이 걸렸다. 눈을 뜨자 냇길이소 주변을 감싸고 있던 나무들의 나뭇잎이 일제히 바람에 일렁였다. 마치 가장 중요한 소원을 딱 한 가지만 다시 말해보라고 하는 것 같았다.

나는 다시 한 번 강조했다.

"구럼비를 지켜주세요!"

내 소원들을 모두 들었다는 대답일까? 냇길이소 주변의 나무들이 바람에 가지를 부벼대는 소리를 뚫고 마을의 소리들이 올라오기 시작했다.

사이렌 소리였다. 나는 이 깊은 산 속에까지 파고드는 사이렌 소리가 너무나 원망스러웠다.

또 누굴 잡아가려고 오는 걸까.

이미 많은 사람들이 경찰서에 연행되었다가 돌아왔다. 감옥에 간 사람도 있었다. 구럼비를 지키려는 사람들은 나쁜 사람들이 아니었다. 그런데 경찰 아저씨들은 구럼비를 지키려는 사람들을 잡아갔다. 경찰이 지켜줘야 할 사람들을 자꾸만 잡아갔다.

이러다간 정말 구럼비가 없어질지도 모른다.

12.

내게로도 오셨나요, 할망

몸이, 제 몸이 부서지고 있네요.

몸이 굳어가고 있네요.

할망,

…… 내게로 오신 건가요?

…… 할망도, 이렇게 아픈, 거지요?

할망,

아프지 않아 좋은데

몸이 굳어요.

마음이 멈춰요.

…… 할망!

내 몸이 바위처럼 굳어가도 좋으니,

별이, 별이를 한 번 볼 수 있게 해주세요.

별이에게 할 말이 있어요.

냇길이소에서 빠져나오니 매캐한 냄새가 났다. 가만히 맡고 있으면 연방 기침이 올라왔다. 손으로 코를 감싸 쥐고 힘껏 달렸다. 하지만 구럼비와 가까워질수록 냄새는 심해졌다. 나중엔 눈도 따가워지기 시작했다.

구럼비로 들어가는 입구까지 오니 무슨 냄새인지 알 수 있었다. 지독한 화약 냄새였다. 이제는 화약 냄새가 숨을 쉴 때마다 콧속으로 파고들어 콧물이 흘렀다.

아까 났던 소리가 화약으로 구럼비를 깨는 소리인 것 같았다. 모여있는 사람들이 발을 동동 구르며 어쩔 줄 몰라 하고 있었다. 슈퍼 아줌마는 아예 주저앉아 땅을 치고 있었다. 그 옆에서 동네 사람들이 슈퍼 아줌마를 말리고 일으켜 세우려고 했다. 그러다 결국 다 같이 주저앉아 울었다.

"절대 안 된다. 이놈들아!"

"구럼비 살려내라!"

울다가 지친 아줌마가 벌떡 일어나더니 펜스 쪽으로 달려갔다. 동네 사람들이 뒤를 따라 그쪽으로 몰려갔다. 아줌마는 펜스에 올라서려고 껑충껑충 뛰었다. 그래봐야 꼭대기에 닿지도 않을 텐데 아줌마는 멈추지 않았다. 옆에서 펜스를 탕탕 두드리는 사람들도 있었다. 그 소리가 울음소리와 뒤섞였다.

그래도 펜스는 꿈쩍도 하지 않았다.

그새 경찰들이 몰려와 슈퍼 아줌마를 번쩍 들어올렸다. 동네 사람들이 경찰에게 매달렸지만 소용없었다. 경찰에 밀려 넘어지고 바닥에 나뒹굴었다.

한쪽에서 미사를 드릴 준비가 한창이었다. 파란색 플라스틱 의자에 앉은 신부 할아버지가 보였다. 그사이 얼굴이 더 야위고 검어진 것 같았다. 하얀 신부복을 입은 신부 할아버지의 흰 수염 속 검은 얼굴이 어딘지 슬퍼 보인다는 느낌이 들었다. 신부 할아버지는 여전히 경찰들 사이에 둘러싸여 계셨다.

이젠 신부 할아버지가 왜 여기에 있는지 분명히 알게 되었다. 구럼비와 우리 마을을 지키기 위해서였다.

종이 울리고 사제복을 입은 사람들이 보였다. 옆에는 수녀님들도 앉아있었다. 미사를 드리러 온 사람들이 위험하지 않을지 살펴보느라 분주해 보였다. 준비가 다 끝났는지 수녀님이 신부 할아버지에게 무슨 말인지 전했다. 그제야 신부 할아버지는 입을 열었다.

그때 천둥이라도 치듯이 큰 노랫소리가 울렸다. 펜스 안에서 흘러나오는 소리였다. 그 소리 때문에 신부 할아버지의 목소리가 잘 들리지 않았다. 돗자리에 앉아있던 사람들이 조금 웅성거리기 시작했다. 그러나 그것도 잠시 다시 고개를 숙이고 미사를 드리는 일에만 집중했다. 이런 일이 한두 번이 아닌 것 같았다. 그 사이에도 음악 소리는 줄어들지 않았다. 오히려 미사가 진행될수록 점점 더 커지는 것 같았다. 신부 할아버지의 말씀에 집중하려고 해도 노랫소리 때문에 쉽지 않았다. 괜히 펜스를 노려보는데 무슨 노래인지 알 것 같았다.

군가였다.

콘크리트로 구럼비를 덮으려는 것처럼 군가 소리가 기도하는 소리를 덮어버렸다.

누가 일부러 틀어놓는 게 분명했다. 펜스 안에는 대체 누가 있는 걸까.

구럼비를 막고 있는 펜스 쪽으로 몸을 움직였다. 눈으로 보기엔 가깝게 있어서 금방 갈 수 있을 것 같았다. 하지만 사람들 사이를 비집고 움직이니 몸이 말을 듣지 않았다. 마치 바닷물 속에서 움직이고 있는 것 같았다. 앞으로 나아가기는커녕 오히려 뒤로 밀리기 일쑤였다.

그 사이 화약 냄새는 점점 날카로워졌다. 그때 갑자기 주위가 소란해지더니 사람들이 한쪽으로 우르르 몰려갔다. 나도 거기에 휩쓸려갔다. 금방이라도 무슨 일이 벌어질 것 같았지만 알 수 있는 건 없었다.

나는 고개를 조금 들어봤다. 순간, 머리 위로 파란색 플라스틱 의자가 휙 날아갔다. 아까 신부 할아버지가 앉아 있던 의자였다. 미사를 드리던 쪽을 보니 사나워 보이는 사람들이 신부 할아버지를 끌고 어디론가 가고 있었다. 호소문을 작성하던 지킴이 형과 누나들은 그들을 용역이라고 불렀었다.

경찰 아저씨들은 용역이 신부 할아버지와 수녀님과 마을 주민들에게 무슨 짓을 해도 꼼짝하지 않았다. 나는 용역과 경찰이 한편이라는 것을 확실히 알게 되었다. 경찰이 움직일 때는 동네 사람들이 구럼비 근처로 갈 때뿐이었다.

그 옆에 강정지킴이들이 보였다. 용역을 막으려고 강정지킴이가 둘러싸면 그보다 더 많은 용역이 몰려왔다. 금세 서로 엉키기 시작했다.

그 사이로 낯익은 얼굴이 하나 보였다. 망루 위에서 만났던 형이었다. 처음 만났을 때보다 훨씬 까만 얼굴이라 하마터면 못 알아볼 뻔했다. 형은 한 손으로는 다른 지킴이에게 붙은 용역을 떼어내려고 안간 힘을 썼다. 그리고 나머지 한 손엔 피켓을 들고 있었다. 거기엔 '살려달라!'는 글씨가 있었다. 앞에 붙어있는 말은 제대로 보이지 않았다. 그래도 뭘 살려달라는 건지 쉽게 떠올릴 수 있었다.

겁이 난다고 도망칠 순 없었다. 지킴이 형을 만났을 때 이제 우리 마을은 내가 지킬 거라고 했던 게 떠올랐다. 아무 상관없는 사람들도 이렇게 구럼비를 살리려고 싸우고 있었다.

지킴이 형은 망루 위에서 망가져가는 구럼비를 똑똑히 봤을 것이다. 근처에 가서 얼마나 망가진 건지 물어보고 싶었다. 하지만 지킴이 형 쪽으로 가는 것도 쉽지 않았다. 경찰 아저씨들이 지킴이 형을 둘러싸고 있었기 때문이다. 형이 막 카메라를 드는 순간이었다.

형만 카메라를 들고 있는 게 아니었다. 동네 사람들도 카메라를 들고 있었다. 밀치고 고함이 오가는 와중에도 카메라를 놓지 않고 있었다. 한꺼번에 플래시가 번쩍였다.

그때 아빠가 내 사진을 두고 했던 말이 떠올랐다.

…… 꼭 기억하려고 사진을 갖고 다니는 거야.

맞고 때리고 다치는 장면을 모두 증거로 남기려는 것이었다. 그래야 억울한 일이 없을 것이었다. 맞았다고 해도 피가 나고 멍이 들었다고 해도 그게 누구의 짓인지 말할 수 있어야 했다. 상처가 있는 사람들 앞에서 용역이나 경찰 아저씨들은 자기들이 한 짓이 아니라고 발뺌하기 때문이었다.

피가 흐른 자리에, 멍든 자리 위에, 플래시가 끊임없이 번쩍였다.

아빠 핸드폰에서 사진으로만 본 장면이 내 눈앞에서 벌어지고 있었다.

경찰 아저씨들은 자꾸 동네 사람들과 지킴이들을 잡아가고 있었다.

나는 그 틈을 타서 구럼비 안으로 들어가려고 다시 자세를 숙였다. 거의 기다시피 가는데 바닥이 울리는 게 느껴졌다. 저번보다 훨씬 셌다. 순간 누군가 내 몸을 밟고 넘어갔다. 나도 모르게 아주 큰 비명이 나왔다. 아무렇지 않은 듯 누르려고 해도 비명은 자꾸 터져 나왔다.

틈을 비집고 겨우 나왔지만 여전히 펜스가 막고 있었다. 펜스 때문에 구럼비가 거의 보이지 않았다. 몸을 웅크려보니 펜스 아래로 구럼비를 볼 수 있었다.

구럼비는 뾰족해졌다. 둥글어서 맨발로 걸어도 될 정도였는데 그런 곳이 거의 남아있지 않았다. 언제 저렇게 다 깎아버린 거지. 화약으로 다 깨버린 건가.

이제 어디를 밟고 걸어야 할까. 똥게와 맹꽁이들은 다 어떻게 되었을까. 민지와 영호와 함께 놀던 곳은 어디일까.

그 위로 레미콘 차가 오가고 있었다. 전학을 간 민철이가 했던 말이 생각났다.

그거야 구럼비를 깨고 만든다는 거지. 그 위에 콘크리트를 덮어서.

순간 흙먼지가 잔뜩 일어 잠깐 아무것도 보이지 않았다. 또 기침이 나올 것 같아 고개를 조금 돌렸다. 그때 수십 대나 되는 포클레인이 보였다. 포클레인은 조금씩 구럼비 안으로 파고들고 있었다. 그 떨림이 여기까지 느껴졌다. 내가 떨고 있는 건지 아니면 바닥이 떨리는 건지 헛갈릴 정도였다.

여기저기 구럼비가 깨진 조각이 튀어 오르고 있었다.

엄마를 보고 싶으면 앞으로 어떻게 해야 할까.

"너 이 녀석 여기서 뭐 하는 거야?"

누군가 내 목덜미를 잡았다. 나는 아무 대답도 못 했다. 용기를 내서 뭐라고 소리쳐야 하는데 말이 제대로 나오지 않았다. 무서워서 위를 올려다볼 수가 없었다. 나는 그만 고개를 떨어뜨렸다. 그러자 나를 잡고 있는 사람의 신발이 보였다.

검고 단단한 신발. 그건 군화였다. 가슴이 철렁했다. 언젠가 군화를 신고 행진하는 모습을 상상하며 두근거렸을 때도 있었는데.

군화를 뚫어지게 보는 사이 사람들이 또 우르르 몰려왔다. 내 목덜미를 쥔 사람이 조금 비틀거렸다. 아래에선 흙으로 더럽혀진 운동화가 움직이는 게 보였다. 곧 내 목덜미를 탁 채는 것 같은 느낌이 들었다. 그제야 나를 잡고 있던 손에 힘이 빠졌다. 그 틈을 타서 나는 재빠르게 몸을 움직였다. 내가 도망가려고 하자 손은 다시 내 목덜미를 잡으려고 했다. 그때 나는 몸을 푹 숙였다. 손이 괜히 허공에서 허둥대는 사이 빠져나왔다.

무리를 빠져나와 뒤돌아보니 지킴이 형이 보였다. 나를 도와준 게 지킴이 형인 것 같았다. 나는 고맙다는 인사를 할 새도 없이 엉금엉금 기었다. 나를 밟으려는 군화가 사방에 가득했기 때문이다. 그 사이 때가 꼬질꼬질한 운동화와 너덜너덜해진 슬리퍼가 끼여있었다.

구럼비로 들어가는 입구에는 많은 사람들이 몰려있었다.

자세히 보니 죄다 동네 사람들이었다. 이렇게 다들 나와 반대하는데. 동네 사람들이 다 찬성했다니.

동네 사람들 앞에 경찰 아저씨들이 서있었다. 경찰 아저씨들은 헬멧도 쓰고 군화도 신고 있었다. 그리고 송곳으로도 뚫릴 것 같지 않은 커다란 방패를 하나씩 들고 있었다. 예전 같았으면 부러워하면서 나도 어른이 되면 저런 모습일 거라고 상상했을 것이다. 하지만 지금은 아니었다.

동네 사람들은 평소 모습 그대로였다. 멀리 부축을 받고 있는 신부 할아버지도 보였다. 뒤에는 우락부락한 경찰 아저씨들이 둘러싸고 있었다. 그때 철조망에서 봤던 사람들이었다. 아저씨들은 무시무시한 눈으로 주변을 노려보고 있었다. 그 사이에 있으니 신부 할아버지는 더 작아 보였다.

잔잔한 노랫소리가 들려오기 시작했다. 신부 할아버지께서 무슨 말씀을 시작하려고 했다. 나는 몸을 숙이고 그 근처로 갔다. 거의 신부 할아버지 근처까지 왔을 때 보고야 말았다. 신부 할아버지 다리가 후들후들 떨리고 있다는 것을.

신부 할아버지 뒤에서 경찰 아저씨들이 계속 밀어대고 있었다. 신부 할아버지는 간신히 버티고 있는 것 같았다. 앞에서는 안 보이지만 뒤에서 보면 또렷하게 보였다. 아무도 보지 못하고 나에게만 보이는 것 같았다.

그때 신부 할아버지 뒤로 레미콘 차가 나오기 시작했다. 멀리서 들었을 때보다 훨씬 더 큰 소리를 내면서 돌진했다. 그냥 놔두면 그대로 덮칠 것만 같은데도 신부 할아버지는 꿈쩍도 하지 않았다. 뒤에 있던 경찰 아저씨들이 더 세게 신부 할아버지를 밀어내는 게 보였다. 보고 있던 나도 다리가 후들거릴 정도였다. 하지만 신부 할아버지는 버텨내셨다.

내가 갖고 싶었던 용기는 해군기지처럼 동네 사람들을 몰아내고 막무가내로 밀고 들어올 수 있는 용기가 아니었다. 소중한 것을 지킬 수 있는 용기를 갖고 싶었다. 그건 신부 할아버지에게 있었다.

결국 신부 할아버지는 바닥에 쓰러지셨다. 그러는 바람에 신부 할아버지 안경이 벗겨졌다. 주워볼 틈도 없이 군화가 몰려와 신부 할아버지 몸과 안경을 밟았다.

안경을 쓰지 않은 신부 할아버지는 앞이 잘 보이지 않는지 사방을 두리번거렸다. 새하얗던 수염에는 이미 흙이 잔뜩 묻었다.

신부 할아버지가 앞에 있는데도 레미콘 차는 더 앞으로 나왔다. 자칫 신부 할아버지가 다칠 수도 있는 상황이었다. 보고 있던 나도 겁이 나고 화가 치밀어 올랐다. 신부 할아버지 얼굴은 고통이 그대로 느껴질 정도로 일그러져 있었다. 하지만 눈은 평화롭게 미소 짓는 것처럼 보였다. 마치 눈빛으로 다 괜찮다고 말하는 듯했다. 신부 할아버지의 또렷한 눈빛은 구럼비 쪽을 봤다.

레미콘 차는 잠깐 멈췄다가 또 슬금슬금 앞으로 나오기를 반복했다. 신부 할아버지가 레미콘 차 앞에 서자 위협을 하는 것처럼 요란한 엔진 소리를 냈다. 엔진 소리가 좀 잠잠해지는가 싶더니 레미콘 차는 조금 더 앞으로 나왔다. 이번에 정말 신부 할아버지를 칠 것만 같았다.

그때 주변에 있던 동네 사람들이 한꺼번에 레미콘 차 앞으로 달려 나왔다. 그러자 경찰 아저씨들도 같이 나왔다. 동네 사람들을 끌어내 레미콘 차가 나갈 길을 터주려는 것 같았다. 경찰 아저씨와 동네 사람들은 서로 뒤엉켜 울부짖고 있었다. 순식간에 몸싸움이 시작되고 있었다.

여기저기 플래시가 번쩍였다.

신부 할아버지는 뭔가 결심을 한 듯 천천히 일어났다. 힘겹게 한 발 한 발 떼고 있었지만 눈빛만은 생생하게 살아있었다. 부축해주려는 사람들도 마다하고 신중하게 걸음을 옮기고 있었다.

신부 할아버지가 레미콘 차 앞까지 왔을 때도 뭘 하려고 하시는지 전혀 짐작할 수 없었다. 몸싸움을 하던 사람들 중 몇몇이 레미콘 차 앞에 바짝 선 신부 할아버지를 봤다. 그들도 무슨 일인지 알 수 없긴 마찬가지인 것 같았다. 신부 할아버지는 자세를 낮췄다.

누가 말려볼 틈도 없이 신부 할아버지는 레미콘 차 밑으로 들어가 버렸다.

한동안 무슨 일이 벌어진 건지 믿을 수 없었다. 뒤엉켜 몸싸움을 하던 사람도 그 자리에 멈췄다. 다들 레미콘 차 밑만 보고 있었다.

누군가 울부짖는 소리를 내자 사람들이 레미콘 차로 달려갔다.

"할아버지 거긴 위험해요. 빨리 나오세요. 어서요!"

나도 레미콘 차로 달려가면서 있는 힘껏 외쳤다. 하지만 주변이 너무 시끄러워 제대로 들리지 않는 것 같았다. 먼저 도착한 경찰 아저씨들이 신부 할아버지를 끌고 나오려고 했다. 신부 할아버지는 계속 버티는 중인 것 같았다.

나는 몸을 웅크리고 차 아래를 봤다. 누워있는 신부 할아버지가 보였다. 신부 할아버지 얼굴과 레미콘 차의 바닥이 한 뼘 정도밖에 떨어져 있지 않았다. 옷은 찢어지고 점점 흙투성이가 되고 있었다. 몸을 더 웅크려보니 펜스 밑까지 볼 수 있었다. 몸을 부르르 떨고 있는 신부 할아버지 뒤로 구럼비가 보였다.

구럼비에서 정말 엄마의 자장가를 들었던가. 아빠가 엄마에게 사랑을 고백하고 엄마는 내 이름을 불렀던 게 구럼비 맞나. 고모가 물질을 하다가 쉰 곳이 정말 구럼비 맞나. 저기에 갇혀있는 게 정말 구럼비 맞나.

결국 영호가 보여준 그림처럼 되는 건가. 민철이가 말했던 것처럼 다 깨고 그 위에 콘크리트를 부어버리려나.

누군가 이건 구럼비가 아니라고 하면 나는 그대로 믿어버릴 것만 같았다. 차라리 그랬으면 좋겠다.

　사람들이 한꺼번에 몰려오자 경찰 아저씨들은 그 앞을 막았다. 금방이라도 싸움이 벌어질 것만 같았다. 그때 사이렌 소리가 또 울렸다. 어디선가 민지도 울상을 짓고 있을 것만 같았다.

　사이렌 소리가 신호라도 된 것처럼 레미콘 차가 조금 더 앞으로 나왔다. 신부 할아버지가 아직 차 밑에 있는데!

　누군가 고함을 질렀다. 고함을 시작으로 사방에서 울부짖는 소리가 퍼졌다. 울부짖는 동네 사람들 사이로 경찰 아저씨들이 섞였다. 용역들도 합세해서 동네 사람들을 몰아세웠다. 카메라를 든 사람이 보이면 가차 없이 경찰 아저씨들이 둘러쌌다. 경찰들은 팔이고 다리고 할 것 없이 손에 잡히는 곳이라면 어디든 잡고 사람들을 끌어냈다. 비명이 높아지면서 끌려가는 사람들을 막으려고 동네 사람들이 움직였다. 그러면 용역이 낚아채 멀찌감치 밀어냈다. 서너 명이 달려들어도 용역은 꿈쩍도 하지 않았다. 바닥에 뒹구는 사람들이 있는데도 아랑곳하지 않았다. 동네 사람을 번쩍 들어올리기도 했다. 발버둥을 치던 사람은 짐짝처럼 멀리 내던져졌다.

　이럴 때 나는 뭘 해야 할지 모르겠다. 구럼비도 우리 가족도 지키겠다고 했는데. 이제껏 내가 지킨 건 아무것도 없었다.

우왕좌왕하는 사이 누군가 내 발을 밟았다. 철걱철걱 소리를 내며 움직이던 경찰 몇 명이 내 어깨를 치면서 욕을 하고 지나갔다.

아빠를 찾아야겠다. 벌써 잡혀간 건 아니겠지.

그때 또 한바탕 함성이 터지더니 사람들이 마구 밀려들었다. 누군가 내 등을 밀었다. 한번 밀리기 시작하자 걷잡을 수 없이 자꾸 밀려갔다. 키가 큰 어른들 사이에 끼어 밀려가다 보니 머리 위가 캄캄해지는 것 같았다. 소낙비 오는 날의 파도 소리 같은 것이 몸 위로 덮어씌워지는 것 같기도 했다. 머리 바로 위에서 바윗덩어리가 굴러오는 것 같은 소리가 나서 나중에는 귀를 막았다. 그건 경찰들의 방패가 서로 부딪히는 소리였다. 일단 여기서 빠져나가야 하는데……. 철벽처럼 늘어서있는 경찰들을 뚫고 어디로 가야할지 도무지 알 수 없었다. 구럼비를 막아놓은 펜스 바깥에 또 여러 겹의 펜스가 있는 것만 같았다. 미로 찾기 게임기 속에 들어와있는 것처럼 나는 정신이 없었다. 우왕좌왕하고 있는데 경찰들이 또 갑자기 움직였다. 저기 잡아! 날카로운 소리가 들렸다. 나는 순간적으로 머리를 감싼 채 몸을 납작하게 엎드렸다. 경찰들의 군홧발에 하마터면 짓밟힐 뻔했다.

휴, 살았다.

나는 크게 숨을 쉬어보았다. 다친 데는 없는 것 같았다. 목에 걸려있던 먼지 때문인지 기침이 났다. 일어나려고 하는데 머리가 딱딱한 것에 부딪혔다. 윽!

정신을 차리고 보니 나는 트럭 뒤쪽의 바닥에 들어와있었다. 이런 데까지 도망을 쳐오다니! 누가 나의 이런 모습을 보았을까 봐 창피했다. 위쪽을 보니 신부 할아버지가 누워계셨다. 신부 할아버지는 레미콘 차를 막기 위해 여기에 들어오셨는데, 나는 정신없이 도망을 치다보니 여기까지 들어와 버렸다는 생각이 들자, 한없이 더 부끄러워졌다.

나는 아직 몸이 작아서 신부 할아버지처럼 트럭 밑이 불편하지는 않았다. 생각보다 공간이 넓은 것 같았다. 이제 어떻게 하나. 나는 잠깐 망설였다. 바깥에는 여전히 발들이 어지럽게 얽히며 비명 소리가 들리고 있었다.

그때였다. 저만치 위에서 뭔가 반짝였다.

엉거주춤하게 고개를 들어보니 그건 신부 할아버지의 안경이었다. 아까 떨어져서 이리저리 밟히다가 굴러들어온 것 같았다.

신부 할아버지는 안경을 잃어버린 채 두 눈을 꼭 감고 가슴에 두 손을 포갠 채 기도를 하고 있는 것만 같았다.

나는 신부 할아버지에게 안경을 가져다 드려야겠다고 생각했다.

몸을 움직이는 게 그렇게 어렵지 않았기 때문에 금방 할 수 있는 일이라고 생각했다.

우리가 지켜야 하는 마을을 위해 저렇게 애쓰는 신부 할아버지를 위해 뭔가 해드릴 수 있으면 기뻐하실 것 같았다.

나는 안경이 있는 쪽으로 조금씩 몸을 움직였다.

신부 할아버지가 누워있는 그 자리까진 거리가 있었다. 밖에서는 어지럽게 움직이는 발들이 보였다. 시꺼먼 군화들이 낡은 운동화와 슬리퍼들을 마구 짓밟고 있었다. 가끔 맨발도 있었다. 그러고 보니 내 신발 한쪽도 어디론가 사라지고 없었다. 어디서 잃어버린 걸까. 신발은 또 어디서 찾아야 할지 머릿속이 복잡해졌다.

그때 레미콘 차 안으로 누구의 것인지 모를 손이 마구 들어왔다. 나는 발목이 잡히는 바람에 발버둥을 쳤다.

"놔요. 이거 놔!"

바깥의 손들이 나를 계속 끌고 나가려고 했다. 신부 할아버지가 있는 쪽을 보니 용기가 생기는 것 같았다. 그래서 마지막으로 힘껏 발버둥을 치면서 한쪽 남은 신발을 마저 벗어버렸다. 나를 잡았던 손은 신발만 손에 쥐고 사라졌다.

"휴······."

숨을 쉴 새도 없이 또 다른 손이 들어왔다. 나는 조금 더 들어갔다.

이제 어떤 손도 내 몸에 닿지 않았다. 몸을 최대한 웅크리는데 누군가 고개를 숙여 나를 노려봤다. 자세히 보니 신부 할아버지를 밀어내던 용역 아저씨 중 하나였다.

"이 새끼가 거기가 어딘 줄 알고 들어가? 어? 빨리 안 나와?"

나는 무섭게 부라린 그 눈을 똑바로 봤다. 신부 할아버지가 있다고 생각하니 없던 용기도 생기는 것 같았다. 무서운 아저씨는 또 욕을 했다. 말하는 것의 절반이 욕인 저 아저씨에게도 아들이나 딸이 있을까. 나는 갑자기 그 아저씨의 아이들이 불쌍하다는 생각이 들었다. 무서운 아저씨의 얼굴이 사라지자 겨우 몸을 돌렸다. 이제 신부 할아버지 곁으로 가야겠다.

기어가는 동안에도 발소리와 사이렌 소리와 군가가 뒤섞여 시끄러웠다. 누군가 울부짖는가 하면 그 소리를 지우려는 듯 천둥처럼 군가가 퍼졌다. 군가가 조금 수그러들면 알아들을 수 없는 말소리 사이로 비명만이 선명하게 귀에 꽂혔다.

어서 안경을 가져다 드려야겠다.

그리고 신부 할아버지에게 말씀드려서 여기서 어서 빠져나가자고 해야겠다.

내가 들어온 트럭의 아래쪽으로 빠져나가면 아무도 눈치 채지 못할 것 같은 생각이 들었다. 신부 할아버지에게 어서 여기서 나가서 사람들이 눈치채지 못하는 사이에 구럼비에 가자고 해야겠다.

신부 할아버지의 손을 잡고 구럼비로 막 달려가는 상상을 해보았다. 날아갈 것처럼 기분이 좋아졌다. 구럼비에서 나를 기다리고 있는 엄마가 좋아할 거라는 생각도 들었다. 엄마의 자장가 소리가 너무나 듣고 싶었다.

밖에서 움직이는 발들이 많아서인지 흙먼지가 끊임없이 뿌옇게 올라왔다. 안개가 낀 것처럼 차 밑이 온통 뿌얘졌다. 앞이 좀 보이는가 싶으면 어디선가 흙먼지가 또 일어났다. 신부 할아버지가 누워있는 자리가 희미하게 보였다. 조금 더 힘을 내서 거기로 기어갔다. 가는 동안 계속 기침이 나고 눈물이 맺혔다.

겨우 신부 할아버지 곁으로 왔다. 그때 레미콘 차 안으로 다시 손이 들어왔다. 아까보다 훨씬 더 많은 손이었다. 하나같이 신부 할아버지를 밖으로 끌어내려는 손이었다. 저 손들에 끌려 나가면 또 공중에 번쩍 들려졌다가 땅으로 내동댕이쳐질 것이었다. 무서운 아저씨들의 욕설이 잔뜩 쏟아질 터였다. 생각만 해도 나는 이마가 찡그려졌다.

신부 할아버지의 온몸이 흔들렸다. 신부 할아버지의 팔꿈치에서 피가 배기 시작했다. 그런데도 아무 소리 없이 신부 할아버지는 가만히 누워 버티고 있었다.

신부 할아버지는 내가 온 걸 아직 모르는 것 같았다. 이렇게 소란스러운 가운데 많은 손을 뿌리쳐야 하니 그럴 만도 했다. 나는 신부 할아버지 어깨에 가만히 손을 올렸다. 돌아누워 있던 신부 할아버지가 천천히 고개를 돌렸다. 얼마나 다치셨을지 걱정이었다.

누군가 나를 끌어내리려고 해서 나는 신부 할아버지 옆으로 딱 붙었다.

그때 신부 할아버지의 숨소리가 들렸다. 고모의 숨비소리 같기도 한 소리였다. 고통스러울 때까지 숨을 참고 있다가 겨우 거칠게 내뱉는 숨소리였다. 이렇게 잘 버티고 있어도 신부 할아버지는 노인이었다. 그런데도 사람들은 더 거센 손길로 신부 할아버지를 끌어내려 하고 있었다.

고통스러울 텐데도 묵묵히 버티는 신부 할아버지를 보니 나는 내가 부끄러웠다. 해군이 되겠다고 하면서 다 지켜주겠다고 하던 게 떠올라 얼굴이 뜨거워졌다. 그때 신부 할아버지의 숨소리는 더 깊은 바다로 들어갔다 나온 것처럼 점점 거칠어졌다. 그걸 듣고 있으니 달아오른 뺨 위로 눈물이 흘렀다. 왜 눈물이 흐르는지 모르겠다.

신부 할아버지가 손을 이쪽으로 막 움직이려고 했다. 아마 누군가 나를 끌어내리려고 할까 봐 그러시는 것 같았다. 하지만 손을 움직이기가 쉽지 않은 것 같았다. 혼자 버티기도 힘드실 텐데 나까지 끌어안으려는 것이었다.

나는 내가 울 때마다 눈물을 닦아주던 엄마가 떠올랐다.

"무서워하지 마라. 다 괜찮다."

엄마가 꼭 그렇게 얘기해주는 것 같았다. 그 뒤에 엄마의 숨소리가 들렸다. 고르지 못하고 힘겹게 내뱉는 소리였다. 그래도 엄마는 괜찮다고만 했다. 오히려 엄마는 내 걱정을 하고 있었다.

엄마는 내 손을 꼭 잡아줬다.

"괜찮다. 구럼비는 아직 살아있다."

희미한 목소리가 들렸다. 엄마와 신부 할아버지 목소리가 겹쳐서 들렸다. 나는 목소리가 들리는 쪽으로 좀 더 바짝 다가갔다.

어느새 소란스럽던 발들이 멀어졌다. 군가 소리도 사이렌 소리도 어느새 물러나 있었다. 그 자리엔 잔잔한 파도 소리가 고였다. 꿈속에서 듣던 엄마의 자장가 같았다.

그걸 가만히 듣고 있으니 점점 눈이 감겼다. 엄마 얼굴을 좀 더 보고 싶은데 자꾸 졸음이 몰려왔다. 엄마한테 하고 싶은 얘기도 많은데.

예전처럼 구럼비에 다시 들어갈 수 있다면 모든 게 다 원래대로 돌아갈 것 같았다. 나는 힘들 때마다 구럼비에 가서 엄마를 만날 수 있을 것이다. 구럼비가 있다면 아빠도 밭을 빼앗길 필요도 없을 것이고 예전처럼 감귤 농사를 열심히 지을 것이다. 내가 장가들 때까지 감귤을 키울거라는 약속도 지켜줄 것이다. 고모도 물질을 하다 힘들면 구럼비에 와서 쉴 것이고 등을 돌렸던 마을 사람들과도 다시 살갑게 웃을 수 있을

것이다. 그럼 아플 일도 없겠지.

해군기지가 없는 예전의 마을이라면 떠난 친구들도 돌아올지 모른다. 이제 더는 사이렌 소리에 겁먹을 필요도 없을 것이다. 사라질 줄 알았던 구럼비가 예전 모습 그대로 있는 걸 보면 얼마나 기뻐할지 눈에 훤히 그려졌다. 민지도 구럼비를 지켜준 나를 자랑스럽게 봐줄 것이다.

모든 게 다 예전 그대로였으면 좋겠다. 그때가 되면 나도 조금 어른이 되어있을까. 그럼 이제 내가 구럼비를 지켜야겠다. 또 다시 망가지는 일이 없도록.

구럼비 안에 들어가 다시 놀 생각을 하니 사람들의 발이 보였다. 그 발은 구럼비 안으로 들어가고 있었다.

이제 문이 열린 걸까.

그런데 신기한 게 있었다. 예전처럼 다들 맨발로 돌아갔다. 군화도 없고 슬리퍼도 낡은 운동화도 없었다. 아빠와 고모의 발도 보이는 것 같고 영호와 민지의 발도 보이는 것 같았다. 구럼비가 다시 옛날로 돌아간 걸까. 어쩌면 꿈을 꾸는 건지도 모르겠다.

이제 자장가 소리마저 점점 멀어졌다.

별아, 보이니?

고모도 옛날에는 저 누나처럼 발이 예뻤단다.

버선을 벗고 할망 위로 올라서면 온 동네 사람들이

다 내 발만 쳐다보는 것 같이 부끄럽기도 하고,

이게 정말로 내 발인가, 해서 눈도 제대로 못 맞췄단다.

별아,

구렁할망 위로 올라온 사람들이 지금까지 몇 명이나 되는지

한번 셈 해볼까?

십만 년을 산 할망 위로, 얼마나 많은 사람들이 지나갔겠니.

할망이 그 세월을, 그 발들을, 그 몸들을 모두 받아줬는데,

할망이 쪼개지는 것을, 나는, 그냥 보고만 있구나.

애가 타는데, 몸이 타서 물이라도 마셔야 하는데,

할망물이 더러워졌으니, 할망물을 마실 수가 없으니

목이 갈라지는구나, 몸이 말라가는구나.

별아, 너도 구렁할망의 소리가 들리는 거니?

냇길할망이 물소리를 내기 시작했어!

별아, 지금 저 사람들이, 여기로 오고 있는 게, 맞지?

고모는 눈이 어두워서 그런지 사람들 얼굴이 보이질 않는구나.

별아, 어젯밤에 고모가 꿈을 꾸었단다.

할망들이 오셨더구나.

오래간만에 우리 아버지 얼굴도 뵈었어. 오빠들도 왔더라고.

별아, 고모가, 죽을 때가 다 되었나 봐.

…… 그런데, 그게, 꿈이 아닌 모양이로구나.

지금, 우리 마을 사람들이 이리로 오고 있는 게,

너도, 보이니?

모두들 맨발이로구나. 내가 본 적이 있는 발들이야.

아아! 구렁할망을 떠났던 해녀들이 돌아온 거야.

마을을 떠났던 사람들의 얼굴도 보이는 것 같고,

별아, 아빠도 왔네! 저기, 저어기!

신부 할아버지는 벌써 와계셨구나?

저기, 저어기 엄마 손 잡고 오는 애는 민지가 아니냐?

별아, 맑은 눈으로 자세히 좀 보고 이야기를 해주렴.

아, 아니 저, 저 사람들! 해군들이 아니냐?

또 우리 마을 사람들 다 잡아가려고 그러나?

얼마나 더 잡아가서 사람들 범죄자 만들어야

직성이 풀릴까. 법 없이도 살던 사람들

법 때문에 범죄자 만들어놓고 모두 다 죄인이라네.

죄 지었으니 돈도 내라네.

…… 죄인들 만들기 전에, 이야기나 좀 들어주지.

앞뒤좌우 잘 살펴서 가겠다는 건데, 무작정 반대가 아니라

우리 목소리를, 할망들의 노랫소리를 한 번이라도 더 들어보고

함께 '말'을 좀 나눠보자는 것인데, 그게 그렇게 어려운 것이었나?

저 중에 몇몇은 내가

잡아온 소라랑 전복을 나눠줬던 사람이야.

별아, 이리 오렴. 고모랑 같이 있어야지,

그런데 네 아빠는 어딜 돌아다니다 오느라고

옷이 저 모양이라니! 쯧, 쯔읏!

사람들이, 할망 위로 올라오려고, 신발을 벗는구나!

별아, 보이니?

발들이 할망에게로 올라서는 게,

발등이, 뽀얗게 피어나는 게, 보이니?

뽀얀 발들이 흰 꽃처럼 구렁할망 위에 피고 있구나.

아이고, 저 부은 발은 아마도, 마을 이장 발?

언젠가 내가 저 발등 위에다가 전복 껍데기로 떠 올린

할망물을 부어준 적이 있어.

발등에도 붓고, 목 축이라고 퍼주기도 하고!

그게…… 우리야.

모두, 모두 올라온 거야? 벗은 발들이 소란하게 움직이네.

맨발들이 할망 위에서 움직이는 소리가

구렁할망 노랫소리가 되었네.

별아, 고모 발은 안 움직여지나 보다.

그래도 마음은 저이들과 같이 춤을 추는데 말이다.

별아, 네가 나 대신 춤을 추거라.

우리가 이렇게 춤을 추려고, 그렇게 힘들었던 거야.

해녀들도, 군인들도, 트럭 운전사들도, 마을 사람들도 모두

맨발로 춤을 추네. 그래, 우리가 여기서 산 세월이 몇백 년이고,

여기 아니면 우리가 어디 가서 살 수가 있겠어.

별아, 더 신나게 춤을 추거라, 오 옳지, 잘한다!

할망, 많이 아팠지요?

아프게 해서 미안해요.

그래도 나는 할망 위에 이렇게 앉을 수 있다는 게 꿈만 같아요.

저, 저 저 사람 좀 봐요. 할망이 쪼개진 자리에 맨살이 닿았나 보네.

저런, 피가 나네! 할망, 그래도 좋으시지요? 저 예쁜 발들을 좀 보세요.

발이 할망 몸에 닿으니 사람들 얼굴도 다시 뽀얗게 피어나요!

오래간만에 다들 웃고 있네요.

할망도 어서 일어나 춤을 춰봐요!

노래는 이제 내가 할게요.

내 노래에 지금부터는 할망이 춤을 춰요.

그렇게 우리 같이, 여기, 오래 있어요.

냇길할망, 서낭당할망, 우리를

우리 구렁할망 굽어살펴 주세요.

냇길할망의 가슴에 고인 할망물을

구렁할망 쪽으로 보내주세요.

우리를 씻겨주세요.

우리를 살려주세요.

구렁할망을 다시 품어주세요!

할망, 할망, 구렁할망

이제 그만 일어나요 우레레레레 일어나요

낮에 낮에나 밤에 밤에나 참사랑이로구나!

강정마을 구럼비 바위에 대한 나라 안팎의 목소리를 모았습니다.

구럼비야 힘을 내!

| 트윗 |

강정마을은 당신들 것이 아닙니다. 우리 모두의 것이에요. 맘대로 하지 마세요. 더 이상 죽이지 말라고요. D.K.K.K.(Don't Kill Kangjung Kurumbi)
– 가수 신효범(@diva_hyobum)

당신들 군홧발 아래 주민 어르신이 깔려있어요.
제발 비켜주세요. 풀어주세요. 큰일 나겠어요!
이런 잔인한 풍경이 강정마을의 일상입니다.
– 문정현 신부(@munjhj)

제주지사의 보류 요청에도 불구하고 서귀포경찰서 43톤 화약을 사용하는 강정마을 구럼비 발파 승인. 정녕 이래야 하는가?
– 조국 교수(@patriamea)

두개의 문을 관람하러 마을 분들이 모두 제주시로 갔습니다. 강정에도 두개의 문이 있습니다. 공사장 정문과 사업단 정문, 매일 지킴이들이 경찰과 용역의

폭력에 맞서 질기게 버티고 있는 두 개의 문입니다. 마침내 열리고 구럼비로 갈 겁니다.

– 여균동 감독(@duddus58)

정부는! 우리의 외침을 들어라! 구럼비 바위 발파 중단하라!
공권력 투입 자제하라! 주민 인권 존중하라!

– 방송인 김미화(@kimmiwha)

간절히 기도합니다. 강정의 평화를. 폭파가 아니라. 구럼비를 폭파하려하는 자들에게 지구 끝까지라도 쫓아가 폭탄을 던지고 싶습니다.

– 주진우 기자(@jinu20)

강풀(@kangfull74)

정우열(@olddogkr)

낙원을 침범한 군비 경쟁

글로리아 스타이넘 Gloria Steinem
NYT(뉴욕타임스) 2011. 8. 6

오늘을 살아가는 사람들의 행동에 대한 평가는 앞으로 수세기 뒤에 내려질
것이다. 그리고 "우리가 무엇을 알았고, 또 그것을 언제 알았는가?"가 중요한
평가 기준이 될 것이다.

그런 점에서, 나는 군비 경쟁의 일환인 대한민국 제주도의 군사기지화 문제
에 여러분과 내가 어떤 행동을 취했는가도 평가 대상이 될 만한 일이라고 생각
한다.

제주도는 세상에서 가장 아름다운 곳이라 할 만하다. 고대 화산 폭발로 인
해 생긴 분화구에 눈이 덮이고, 계곡에서 나오는 깨끗한 물이 해변과 연호초
군락으로 흘러들어간다. 산과 바다 사이에 끝없이 펼쳐지는 푸른 언덕에는

야생화, 감귤나무 과수원, 비자나무 숲, 녹차 농원, 희귀 야생 난초가 가득하다. 농장과 휴양지와 작은 마을, 이 모든 것들이 평화롭게 공존한다. 제주도는 유엔 교육·과학·문화 담당 기구인 유네스코에서 지정한 세계 자연유산 지구이다.

그런데 지금, 제주도는 해군기지 건설로 인해 주요 해안선이 파괴될 위험에 처해있다. 이 해군기지에는 첨단 탄도 미사일 방어 체계와 공중전을 위한 프로그램을 갖춘 구축함이 들어올 예정이다. 중국과 한국은 현재 우호적인 관계를 유지하고 있다. 그러나 이 해군기지가 건설되면 미국 로드아일랜드의 2/3 정도 크기의 제주도에 환경 재앙을 가져올 뿐 아니라 지구촌 전체에 위험한 도발이 될 수도 있다.

해군기지가 들어설 강정마을 주민들은 위험에 처한 해안선을 따라 텐트를 치고 생활하면서 굴삭기와 불도저를 막아내기 위하여 노력하고 있다. 이미 주민들은 수년 전에 실시한 마을 투표에서 압도적 표차로 해군기지 건설을 반대했었다.

주민들은 기지 건설을 반대하는 소송을 제기하고, 제대로 된 환경영향평가를 해달라는 탄원서를 제출하기도 했다. 그러나 그 과정에서 주민들은 벌금을 추징당하거나, 구타당하거나, 체포와 구금을 당했다. 그들은 단식투쟁을 하고, 어딘가에 자신들의 몸을 쇠사슬로 묶기도 하고, 관광객을 초대하여 참상을 알리고, 웹사이트를 개설하고, 세계 평화 기구들로부터 후원을 받기도 했다. 어린이도 함께하는 해군기지 반대 운동 회원들은 반대 집회를 숨기기 위해 기지 둘레에 높게 쳐진 담벼락 뒤의 해안선을 따라 캠핑을 하고 있다. 경찰들은 이 외곽을 순찰한다. 이와 같은 일들이 벌써 4년 넘게 계속되고 있다.

여러분은 왜 이 소식을 한 번도 들어본 적이 없는지 의아할 것이다. 나조차도 9년 전에 제주도에 들렀던 경험이 없었다면, 그리고 섬에 대한 아름다운 추억과 고대 문화를 엿볼 수 있는 전통을 경험했던 기억이 없었다면, 분명 알지 못했을 것이다. 이 섬은 '창조의 여신'이자 '여자들의 섬'이라고 불린다. '해녀'라고 하는 전설적인 여성 잠수부들의 고향일 뿐 아니라 신성한 여신들의 숲으로 둘러싸인 샤머니즘 지역이기도 하다. 특히 제주도는 많은 여성들에게 과거와, 미래의 가능성을 상징하는 공간이다.

그러나 50만 정도 되는 주민들에게는 끔찍한 상실의 기억이 남아있는 곳이다. 세계 2차 대전 이전과 2차 대전 중에는 일본군이 주둔해서 섬사람들을 강제 노역에 이용하였으며, 많은 사람들을 죽였다. 한국전쟁 직전에는 남한 군대가 마을을 완전히 불태우기도 했고, 한반도를 남북으로 분리하는 것을 지지하지 않는다는 이유로 공산주의자로 몰아 무려 3만 명에 이르는 섬사람들을 죽이기도 했다. 그러나 근면성실함과 오랜 지혜로 제주는 점차 그 특유의 평화로운 문화를 회복하였고 지금은 한국 유일의 자치 도시가 되었다. 2006년에는 당시 한국의 노무현 대통령이 대량 학살에 대해 사과하였으며 제주도를 세계 평화의 섬으로 선언하였다.

　지난 5월, 나는 한국 여성 운동가 친구들의 초대로 다시 제주도를 방문했다. 그때 나는 제주도에 평화회의가 유치되고, 신혼여행객, 환경운동가, 해양생물학자, 영화제작자, 순례자와 여행객들이 모이는 이유를 알 수 있었다. 그러나 한편으로 평화운동 야영지에서 경찰이 사람들을 괴롭히고, 불도저로 대치하는 상황도 목격하게 되었다. 해군기지 건설 반대운동을 이끄는 강정마을 이장이 기지 건설 중단에 자신을 포함한 다른 사람들이 온몸을 바쳤노라고 담담히 말하는 이야기를 듣기도 했다. 92세인 그의 어머니는 매일 저녁이면 아들이 살아있는지 확인하러 마을에서 해안으로 걸어 내려온다고 한다.

　한국의 이명박 대통령은 여전히 해군기지 건설을 지지하는 입장을 바꾸지 않았다. 그는 과거에 건설회사 사장으로 일하며 "불도저"라는 별명을 얻었다. 실제로 그는 조지 부시 전 대통령이 석유회사와 맺었던 똑같은 관계를 건설회사들과 맺고 있는 것 같다. 하지만 나는 한국이 미국 국방부라는 강아지가 흔드는 꼬리가 될까 걱정스럽다. 이 대통령의 전임자였던 노 대통령은 이와 대조적으로 죽기 전에 두 가지 일을 후회한다고 말한 바 있다. 한국 군대를 이라크에 파병한 것과 제주도에 해군기지를 승인한 일이다.

　제주도는 세계7대자연경관 선정 후보지로 올라와 있고, 이 대통령도 후보지 선정을 위해 열심히 노력하고 있다. 어쩌면 그는 선택해야 할 것이다. 이제 곧 없어질 자연이 어떻게 세계7대자연경관으로 선정될 수 있을까?

이런 가운데 인터넷에는 반대청원에 서명하는 사람, 워싱턴에 아는 사람에게 연락하는 사람, 시위자들을 지원하고 보호하려는 사람, 군사기지가 아닌 총을 들지 않은 여행객들이야 말로 이 섬의 경제적 미래라는 것을 보이기 위해 제주도를 직접 찾는 사람들이 늘고 있다.

나는 제주 해군기지 건설에 반대하는 사람들과 날마다 이메일을 주고받으면서 현재, 독특한 자연 생물 서식지인 화산암과 살아있는 산호 위에 콘크리트를 깔기 위해 불도저가 자갈들을 쏟아붓고 있다는 사실을 알게 되었다. 불도저가 사라지면, 아이들이 그 돌들을 주워 탑을 쌓고 돌탑마다 평화의 깃발을 꽂고 있다고 한다.

나는 페이스북에 청원서를 올리고, '아랍의 봄'과 같이 충만한 기운이 일어나 해군기지 건설이 좌절되길 희망하며 이 글을 쓴다.

앞으로 무슨 일이 일어날지는 너무나 뻔하다. 위험을 감지한 것처럼 울어대는 돌고래 소리가 지금도 들리는 것 같다. 하지만 나는 돌 하나, 풀 하나도 건드리지 말라고 외치는 마을 사람들을 믿는다.

게다가, 이제 당신도 알게 되지 않았는가.

제주도를 둘러싼 분쟁 :
군비 경쟁이 한국의 낙원을 어떻게 위협하게 되었나

로버트 레드포드 Robert Redford
www.onearth.org 2012. 2. 3

수 킬로미터에 걸쳐 펼쳐진 연산호 군락지 해안에 시멘트로 만든 4층 건물 높이의 구조물 57개가 들어선다고 생각해보자. 이것은 해양 생태계를 파괴할 것이다. 우리가 아는 것만 해도 멸종 위기에 빠진 최소한 9가지 종의 생물들이 사라질 것이다. 그리고 그것으로 인해 어떤 연쇄작용이 일어날지는 아무도 모른다.

이것이 한반도 남단에 있는 섬 제주의 문화적, 생태학적 독특함을 간직한 원시 해안선에서 지금 막 벌어지려는 일이다. 제주 해군기지는 이지스 탄도 미사일 체계로 중국을 포위하려는 미국(중국 측에서 '위험한 도발'이라고 주장한 바 있다)과 항공모함, 잠수함 및 이지스 구축함을 위한 대형 해군기지를 건설하려는 한국 정부의 야욕에서 비롯한 것 같다.

사람들은 왜 이런 사실이 잘 알려지지 않았는지 의아해하지만, 이것은 사실 제주도민들의 잘못 때문이 아니다. 그곳에 사는 감귤 농부와 어부들은 이미 5년 동안 목숨을 걸고 위험에 처한 해변에서 야영을 하며 농성을 해왔다. 이들 가운데는 산소통을 사용하면 지나치게 많이 수확할까 봐 자신의 호흡에만 의존해서 전복을 따는 전설적인 제주 해녀들도 포함되어있다.

그러나 제주도가 본토에서 멀리 떨어져 있는 데다가 사안이 군사 기밀이었고, 정부 보고서도 사실을 호도한 탓에 전 세계적으로 잘 알려지지 않았다. 그리하여 지역민들은 "제주 경기 부양"이라는 미명을 받아들였다. 그 결과 수 제곱킬로미터에 달하는 비옥한 경작지는 이미 콘크리트 작업을 위해 불도저로 파헤쳐졌다. 그리고 앞으로 토목 공사용 구조물이 죽음의 지역을 바닷속까지 연장할 것이다.

나는 작년 여름, 글로리아 스타이넘이 뉴욕타임즈에 기고한 "낙원을 침범한 군비 경쟁"이라는 기사에서 이 소식을 알게 되었다.

스타이넘은 기사에서 "오늘을 살아가는 사람들의 행동에 대한 평가는 앞으로 수세기 뒤에 내려질 것이다. 그리고 "우리가 무엇을 알았고, 또 그것을 언제 알았는가?"가 중요한 평가 기준이 될 것이다. 그런 점에서, 나는 군비 경쟁의 일환인 대한민국 제주도의 군사기지화 문제에 여러분과 내가 어떤 행동을 취했는가도 평가 대상이 될 만한 일이라고 생각한다."라고 했다.

제주도는 결코 평범한 섬이 아니다. 숨 막히는 절경과 독특한 전통, 신성한 숲으로 둘러싸인 이곳은 얼마 전 "7대자연경관"으로 선정된 바 있다. 또한 유네스코가 선정한 66곳의 세계지질공원 가운데 9곳이 제주도에 있다. 게다가 제주도는 인간과 자연, 여자와 남자가 서로 균형을 이루며 사는 독특한 전통이 문화적으로 자리 잡혀있어 "여자의 섬"이라 불린다. 또 제주도는 "평화의 섬"이라고 알려져 있다.

현재 해군기지 건설 예정지는 유네스코 지정 생태 보존 지역이자 국립 환경보호 지역에 가까이 있다. 그곳 해안은 생물다양성이 풍부해서 인도태평양 청백돌고래가 번식하는 곳이기도 하다. 한국 해군은 멸종 위기에 있는 생물들이 다른 곳으로 이주하고, 산호초 또한 복원될 거라고 주장하지만, 과학자와 지역민들은 이것이 터무니없는 주장이라고 일축한다. 시멘트로 만든 거대한 구조물들은 결국 모든 해양생태계를 파괴시킬 뿐만 아니라 햇빛을 차단하여 해양생물들을 위험에 빠트리고, 잠수함에서 나오는 주파수 신호로 고래들을 고통스럽게 해 죽음에 이르게 할 것이다. 군사기지 주변에 사는 주민들의 암 발생률이 높아지고, 폭력 및 성범죄가 증가할 것은 기정사실이다.

나는 해안선 주변에 사는 지역 주민들이 해군기지를 중지시키기 위해 비폭력적으로 치열한 투쟁을 해온 것에 감동을 받았다. 그들은 몸으로 불도저와 트럭을 막아내고, 자신의 자유를 희생하고, 얻어맞거나 수감되기도 하며, 해군과 삼성이나 대림 같은 건설회사의 공사를 방해했다는 이유로 엄청난 벌금을 물었다. 이 모든 것이 지구라는 행성에서 그 무엇으로도 대체할 수 없는 보물과 자신들의 고향을 지키기 위해서였는데도 말이다. 94퍼센트의 주민들이 해군기지 건설을 반대했지만, 한국 정부는 공사를 진행하고 있다. 한국 정부는 미군이 군사기지를 모두 사용할 수 있도록 하는 조약에 매여있기도 하다.

나는 환경보호론자, 평화활동가와 민주주의 지지자들이 할 수 있는 최소한 행동이 분노를 표출하는 것이라고 생각한다. 지금 바로 "제주도 살리기 운동본부" 웹사이트를 방문해서 행동에 옮기자. 개인적으로, 관광객으로, 전문가나 시민으로서, 자기만이 아는 압박 방식이 있을 수도 있을 것이다. 예를 들어 세계자연보호연맹에서 주최하는 세계자연보존총회가 2012년 9월 6일부터 15일까지 제주에서 열린다. 여기서 문제 제기를 촉진하는 것도 한 가지 방법이다.

비밀과 위선에 둘러싸여 제주 해군기지 건설이 추진되고 있다. 실상을 알리고 행동하는 것만이 너무 늦기 전에 이를 막을 수 있다.

사라지지 말아야 할 것들

전석순

　문장이 할 수 있는 일에 대해 고민하던 때가 있었습니다. 고향집에 내려왔을 때 문득 그대로인 것이 하나도 없다는 것을 깨달았을 무렵이었습니다. 극장은 문을 닫은 지 오래였고 건물이 통째로 사라진 것도 많습니다. 그 자리엔 새로 건물이 들어섰습니다. 우체통이 뽑혀나간 자리에는 굳은 시멘트만 있었습니다. 은행나무가 아니라면 예전에 그곳이라고 생각할 수 없을 정도였습니다. 천천히 달라지더니 이내 모든 것이 바뀌었습니다. 그런데도 고향이라고 찾아와 안길 수 있었던 이유는 무엇일지 고민해봤습니다.

　그리고 어느덧 이제 아버지의 가게도 사라질 차례를 기다리는 중입니다. 이미 다른 가게가 거의 사라졌으니 어쩌면 아버지는 그동안 잘 버텼다고 해야 할지도 모르겠습니다. 아버지는 하루에도 몇 번씩 가게가 없어졌을 때의 모습을 상상해봤습니다. 사라진 것은 물리적인 것만 있는 게 아니라 감정이나 기억도 함께였습니다. 그러자 예전과 많이 달라졌어도 안길 수 있었던 이유도 알 것 같았습니다. 극장이나 우체통이 사라져도 그 자리에 대한 기억과 당시의 감정은 그대로였던 것입니다.

그때 어렴풋하게나마 떠올릴 수 있었던 문장의 힘은 그런 것이었습니다. 훼손된 기억을 쓰다듬거나 사라지는 것에 의미를 부여하는 일. 변했더라도 그것을 알아볼 수 있게 만들어주는 힘. 이 책 속의 문장 하나하나가 그랬으면 좋겠습니다. 사라지지 말아야 할 것에 대해 의미를 부여하는 일. 그것이 논리적이고 합리적인 것이 아니라 오랜 시간 차곡차곡 쌓인 감정이나 기억이라도 좋을 것 같습니다. 부디 이 자리에 그것이 있었다는 것을, 앞으로도 그것은 계속해서 이 자리에 있을 것이라는 것이 전달되었으면 좋겠습니다.

나의 무한한 '구럼비'에게

이은선

낯선 메시지를 하나 받았습니다.

봄의 절정이었고, 곧 여름을 앞두고 있는데도 찬바람이 부는 곳이 있다는 내용이었지요. 그래서, 그곳으로 갔습니다.

"사제복을 입은 그는 오늘도 하늘 높이 들려 올려지고, 누군가는 그를 지켜 내기 위해 통성기도를 합니다. 그곳에 온 사람들을 위해 삼시 세끼 밥을 하는 이도, 자신의 고향에 들어와 그곳을 지키겠다며 열과 성을 다하는 사람들을 위해 뜨거운 눈물을 흘리는 이들도 있습니다. 한편으로 그 사람들을 막아내려 고 애를 쓰는 사람도 분명, 존재합니다……."

제복을 입은 그들도 다 같은 사람이라는 사실에 마음이 머무르자 더 이상 문장이 나아가질 않았습니다. 한사코 제 눈을 피하던 제복 속의 얼굴도 떠올랐지요. 머지않은 미래에 그 사람들이 어떤 마음을 가지고 구럼비 바위를 바라보게 될지 저는 모릅니다. 몰라서, 지금, 이 일이 가치가 있는 것이라고 생각합니다. 더는 안 된다고, 이 싸움은 끝나지 않았다고 외치는 지금도 투쟁은 계속되고, 역시 마찬가지로 구럼비 바위는 깨어지고 있습니다. 그리고, 사이렌 소리가 들려오면 또 엄마 아빠가 잡혀갈까 봐 책상에 얼굴을 묻고 두 귀를 막는 '동생들'이 있지요. 이 이야기의 주인공은 바로 그들입니다. 저는 '동생들'이 보고 자라는 세상이 더는 싸움으로 일그러진, 폭약으로 깨져버린 돌덩어리가 아니었으면 좋겠습니다. 저의 바람은 그것뿐입니다.

늦었다고 생각했기 때문에 이 일을 시작했다는 것. 그리하여 어떠한 싸움은 내 속에서 다시 시작되고 있다는 사실. 많은 생각들이 오갔지만, 결정을 하고 난 다음부터 마음이 시키는 대로 따라왔던 결과가 바로 이것입니다.

이 모든 것들을 구럼비 바위가 지켜보고 있다는 지독하고 생생한 진실이야말로 지금 이 순간 구럼비를 지키고자 하는 이들이 땅을 딛을 수 있게 하는 힘이라고 생각합니다. 누군가의 이야기는 아직도 끝나지 않았다는 것을, 세상을 십만 년이나 지켜본 바위의 힘은 폭약으로 깨어지는 것이 아니라는 것을 말하고 싶은 마음, 마음들!

J가 밤새 작업한 글을 아침에 일어나자마자 제가 고치고, 다시 그것을 시인에게 보내는 작업이었습니다. 작업을 하는 순간만큼은 그분들이 저의 구럼비 바위였지요.

구렁할망과 냇길할망이 지켜준 시간이었습니다.

그들의 파라다이스를 꿈꾸며

나미나

알레스카에는 '아이스 웜'이라는 얼음에 사는 벌레가 있다. 검은 실처럼 가늘고 긴 얼음벌레는 4도 이하의 온도에서만 살 수 있으며, 인간의 손길이 닿으면 바로 죽는다고 한다. 단순히 인간의 손길로만으로도 얼음벌레를 죽게 만드는 것처럼, 인간은 자연을 파괴하는 일을 아주 쉽게 생각하는 것 같다. '우리들을 위해'라는 명목 하에 행해지는 행위들이 자연을 힘들게 하고, 그 자연 속에 살던 사람들은 아픔을 고스란히 느끼며 고통을 안고 살아간다.

이런 고통들을 민감하게 느끼며 내 안에 담아내고 아파하고 다독여 세상에 내보내는 것이 예술가라고 생각한다. 그것을 실천하는 작가님을 따라 여기까지 오게 되었다. 때론 어이없는 자신감을 가지고 있지만, 아직 많이 부족한 나에게 이 프로젝트는 시간적으로나 정신적으로 많이 힘든 작업이었다.

이제 다시 나만의 작업을 하기 위해 돌아갈 것이다. 여기까지 나를 따라오게 한 작가님처럼 진정한 예술가가 되기 위해 말이다.

끝을 바라보며 이 글을 쓰고 있으니 이번 일이 나에게 얼마나 뜻깊은 경험이었으며, 좋은 작업을 할 수 있는 기회였는지 새삼 깨닫고 있다. 이 프로젝트에 도움을 주었던 모든 이에게 감사의 마음을 전한다.